艾琳
主编

王静
副主编

倾听未来的声音

华东师范大学出版社
·上海·

华东师范大学出版社六点分社　策划

主编：艾琳

副主编　总策划：王静

出版顾问：庄田

文学顾问：钟振振　树才　蓝蓝　晓帆（澳大利亚）

艺术特邀：庄智云

编审执行：

（按姓氏笔画排序）

王晓征（澳大利亚）　丹青（澳大利亚）　史楠（葡萄牙）　兰木（澳大利亚）

吕铭（中国）　刘宣仪（澳大利亚）　刘嵘（澳大利亚）　李琼（澳大利亚）

杨悦（澳大利亚）　范雪强（澳大利亚）　林子（中国）　林子新（澳大利亚）

昕河（澳大利亚）　赵银凤（中国）　赵晴（日本）　南宫无影（澳大利亚）

袁绮萍（澳大利亚）　恭常寒砂（澳大利亚）　静好（英国）

（按首字母排序）

Bessie Zhu（加拿大）　Carrie Han（澳大利亚）　Cathy Qiao（澳大利亚）

Crystal Xiao Zheng（澳大利亚）　Jessica Zhang（澳大利亚）

Lisa Xia Li（澳大利亚）　Lisa Yuan（澳大利亚）

Lucy Yang（澳大利亚）　Maggie Zhang（澳大利亚）

目录
Contents

特等奖

天堂鸟　　*003*

一等奖

家　　*007*
破晓　　*008*
老鱼的自白　　*010*

二等奖

玩具总动员　　*017*
给爷爷自由　　*019*
辫子　　*020*
我想告诉妈妈　　*021*
下午的生物课　　*022*
老房子的表情　　*023*
我是谁……　　*024*
蓝天白云　　*027*

目录
Contents

三等奖

爸爸爸爸我问你	031
猫咪的眼睛变蓝了	032
会跳舞的彩虹	033
夏夜随想	034
葡萄的颜色	035
巨浪	036
老房子的表情	038
老房子的表情	039
河——从前与现在	040
回家	041
暴风雨	043
秋叶碎	045

优胜奖

回家	049
颜色	050
月亮和狼的对话	051
蓝天白云	052
我的快乐是黄色的	054
关于学校的绕口令	055
如果我是……	057
树叶的旅行	058
永远不会落幕的音乐会	059
看	060
口罩	061
形影不离的好伙伴	062
夜晚的朋友	064
我没有打算要出门	065
一场雨	066
沙滩	067
我想……	069
我们用叉子和西兰花作画	071
作业家	072
快乐的袋鼠	074
传染	076
来世之旅	077
沙滩上美好的一天	081
黑筷子	085
脆弱的心	086
雪	087

目录
Contents

优秀作品

我是一只鸽子	093
我的琴声	094
带着皇冠的刺猬	095
我喜欢篮球	096
我的弟弟	097
神奇的非洲	099
快乐	101
季节的祝福	104
妹妹篇	108
归去	109
家乡	111
鱼	113
花儿	114
山顶许愿	116
夏日	117
搞笑的诗	118
郊游	119
垃圾分类歌	120
离家之别墅野趣	122
无论……	124
漓江船夫	126
读书	127
炎炎夏日	128
颂荷花	129
我家猫咪小舞	130
猫咪的眼睛里	131
四季歌	132
格桑花开了	134
芭比娃娃	135
外婆家的菜园子	136
立夏	137
快乐的狗宝宝	138
院子里的桃花	139
夏天的池塘	141
家乡的小河	142
告别春天	144
造就努力者	146
时光啊,你慢些走!	148
伟大的母爱	151
希望的力量	152

目录
Contents

特别推荐

艾熠（15首） 155
雲栎諾（7首） 174
韩旭（5首） 184
郁姝、郁珩（2首） 193

倾听未来的声音

我的玩具车 203
搭积木 204
小兔兔 205
最棒的比赛 206
我爱妈妈 207
喜欢 208
调皮的胎记 209
嘘，这是一个秘密 210
雨，雨，雨！ 211
南北 213
妈妈的味道 214
我的春天 215
丢掉 217
生命的流走 218
无聊诗 219
夜晚，并没有那么可怕 220
我的春天 222
我会游泳 223
我的书 224
似曾相识 226
雨，雨，雨！ 228
树叶 230
快乐的龙 231
我的秘密之境 232
夜晚 233
战争 234
我不怕危险 236
夜空 238
街角的公园 240
妈妈 241
春之舞 242
四季的祝福 243
日出 245
一切的可能 248
平淡的一天 250
妈妈的爱 252

目录 Contents

附录

主编的话	艾 琳	255
下个路口，我们会相见	王 静	257
地狱之火与赤子之心	黄家光	261
不被禁止的花园	朱春婷	264
以诗教人，以美育人，以文化人	李意妞	267
孩子是不朽的诗人	阿 谣	270
海外教学中诗与乐的结合	林子新	274
在海外开中文学校是一种什么样的体验	李 琼	277
将一颗浮躁的心归于起点	赵 晴	280
诗的引导	南宫无影	283
遇见中文诗歌	Jessica Zhang	287

特 等 奖

天堂鸟

《蜂鸟》　画作者：庄智云　10岁作

天堂鸟

雲栎諾，3岁，澳大利亚

尖尖的嘴巴、长长的脖子
头上顶着黄色的火
火里插着两把紫色的剑

妈妈说，这是天堂鸟
不是真的鸟，它不会飞

我说，天堂鸟是神奇的鸟
天堂在地下，它在地下飞
穿过了地面，变成了花

一等奖

家
破晓
老鱼的自白

《欧洲郊外的小屋》　画作者：庄智云　6岁作

家

张宇钧,8岁,中国上海

暑假里,我在爸爸的画室里
这里有花、有圣诞树
墙上贴满了画
这些都是我爸爸画的

在这里,我最喜欢的是有一栋房子的油画
房子非常非常大,是我们以前的家
那是我出生的地方
爸爸妈妈经常因为观点不同而吵架
那里有一只猫,一只母猫
爸爸和我都喜欢
妈妈不喜欢
吵架都是因为它
我小时候经常不知道爸爸去哪儿了
他也许会来这儿吧
这里安静,窗外有一棵大树
一只小鸟飞进窗口
它也许把这里也当作自己的家

破晓

破晓 余童茜，19岁，中国广东

张开双臂
我倒在无人的草坪上
黑暗包裹着我
给我最为温暖的拥抱

双眼被夜空占满
我看到了
月牙有星星的陪伴
我躺在这里
与草坪融为一体
感受着风儿吹过
吹过那些不知名的草木

破晓

我忘乎所以地
看着黑幕降临
看着星月转移
看着虫儿舞动
直到那束光
划过天际
登上黎明的舞台

老鱼的自白 叶霭林，13岁，英文诗，艾琳译

我绝望地寻找着氧气，
几经努力，
我的鳃已感疲惫，
我的鳍惶恐地拍打但却毫无意义，
片片鱼鳞早已磨损。
人类的表情是多么地难懂，
但当她的视线移向我的唇角，
却从未显出一些怜悯。
我不禁颤栗，回想着过去：
我曾经五次被捕，五次逃脱，
他们给我留下痛楚的记忆，
每次都加剧我唇角的抽搐。
我从模糊的老眼回望，
这就像惊悚的梦魇，
使我咬紧了双唇，

老鱼的自白

紧闭着眼,
等待死神的来临。
这时太阳照在小小的船上,
油层反射出明亮生动的色彩。
像温暖红艳的落日那样,
像香甜的桃子那样,
小船放射出无限的善意。
就在这个美丽的时刻,
那人把我丢回海里的家院。
我获得了第六枚奖牌,
还有更多嘴唇悸动的意义。

The Fish （叶霭林）

I searched in vain for oxygen,
My gills felt tired from trying.
My flustered fins flapped uselessly,
Scales frayed at the edges.
The human's expression was hard to read,
But as her eyes moved to my mouth,
Unmistakable sympathy was shown.
I winced as I thought back to my past,
Five times I've escaped before.
They had left painful memories,
Each adding to the throbbing of my mouth.
This seemed like a dream,
Seen through my blurry, old eyes.
Mouth pinched, eyes closed,
I was ready for my death.
As the sun shone on the small little boat,
The oil shone with bright vivid colours.

The Fish

Like the hot-red warmth of a sunset,
The sweet flavour of a peach,
The small boat radiated goodness.
And in that beautiful moment,
The human threw me back home.
A sixth medal was gained,
Adding to the throbbing of my mouth.

注：凡作品附有英文诗作的均属英文投稿作品。下同。

二等奖

玩具总动员
给爷爷自由
辫子
我想告诉妈妈
下午的生物课
老房子的表情
我是谁……
蓝天白云

《海洋总动员》　画作者：庄智云　5岁作

玩具总动员

刘孜研，4岁，中国上海

这是一个买菜的车子
是个可以推的
粉色的小熊坐在里面
像超市里妈妈爸爸推着我一样
小熊是从快递叔叔那里拿来的
快递叔叔会送我很多很多的玩具

打开妈妈的化妆盒
里面有我的玩具
小镜子里能看到我自己
口红糖是好吃的糖
我不知道这个是什么味道的
是什么水果味道吗？是草莓还是葡萄呀？
我喜欢草莓味道的

玩具总动员

我喜欢套圈游戏
这也是快递叔叔送的
因为快递叔叔不要了
我不知道他为什么送我这些玩具
是谁送了我的玩具呢?

给爷爷自由

纪泽恺，6岁，澳大利亚

爷爷想见朋友
外边有毒，别去
奶奶说

奶奶，管好你自己
给爷爷自由
我说

奶奶一愣，笑了
爷爷搂着我说，好孙子

为啥给爷爷自由
奶奶问

爷爷自由了
就会到城里给我买小人书
我好给爷爷讲故事

辫子

辫 子　Mirabella，7岁，澳大利亚

我很喜欢我现在的样子
长长黑黑的头发
在妈妈手中编成我最喜欢的三股辫

妈妈有时候在吃饭之前给我编
有时候吃饭的时候给我编
有时候又在我看书的时候给我编

我喜欢蓝色的橡皮筋
我喜欢蓝色的发夹
因为天空是蓝色的
大海是蓝色的
还有孔雀的拖地长裙也是蓝色的

我编着最爱的三股辫
戴着最美的蓝色发夹
和妈妈一起去看蓝色的大海

我想告诉妈妈
Alan Zhou，8岁，澳大利亚

妈妈，
云彩是月亮的被子
月亮盖上被子睡了一会

妈妈，
花就是蝴蝶的裙子
花怎么听声音呢
是用花瓣吗
蝴蝶飞走了
花就死去了

下午的生物课

鸟居小百合，13岁，日本

草食动物吃草活下去
肉食动物吃草食动物活下去
最终肉食动物归于尘土养育着植物
然后草食动物再吃掉那些成长的植物继续活下去……
绕了一个大圈子
它们不是在互相维持吗？
一个圈儿
眼前好像出现了一个圈儿
老师的嘴也好像一个圈儿
在眼前转个不停

老房子的表情
陆子欣，15岁，中国上海

我看见他的脸上泛出白光，
他的皮肤上开始沾有血迹，不再干净。
脸上的光，是它的泪痕。
他是个年老的长辈，却无人去问候。
我听见了他的哭声，
低微的，断续的。令人怜爱。

它在世人眼里，从黑白变成了彩色，
又变回了黑白。
它的表情回到了平静，
波澜不惊、不悲不喜。
它好像结束了自己的旅程。

我是谁…… 文怀德（Eric Man），13岁，澳大利亚

若人人都会死去
地球的存在
意味着什么呢？

好与坏有何区别……
正确与错误……
我们都得在
或恐惧、或幸福、或悲伤中死去吗？
我们都得慢慢地死去吗？
或像震撼的巨片
伴着音乐
收场的酣畅淋漓

生命燃尽时
诸神或神主会来救赎我们吗？
或至少会尝试
万物都会归零吗……
不！不可能
若万物皆空
空不也是存在吗？
这些都是该思考的问题！！！

Who am I… (Eric Man)

What is the meaning of this Earth if everyone is going to die
What about all the good and bad…
Rights and wrongs
Will all of our ends have to be scary, happy and sad
Do all of us have to end slowly, or like a blockbuster movie, maybe with comforting songs
Will some gods or God come to save us when we die
Or will they at least try
Is there going to be an end of everything
No, that's not possible, if there is nothing, isn't 'nothing' something
These are the questions!!!

蓝天白云

游眉曦，5 岁，澳大利亚

白乎乎的泰迪熊在下棋
蝴蝶在空中花园里和好朋友们翩翩起舞
没有人穿的鞋子走来走去
留下了一个又一个又白又圆大大的脚印

White clouds in the blue sky（游眉曦）

Teddy bears play chess
Butterflies are dancing with friends
In the sky garden
Shoes with nobodies walk around
Left so many big white footprints

三等奖

爸爸爸爸我问你
猫咪的眼睛变蓝了
会跳舞的彩虹
夏夜随想
葡萄的颜色
巨浪
老房子的表情
老房子的表情
河——从前与现在
回家
暴风雨
秋叶碎

《印第安人》 画作者：庄智云 7岁作

爸爸爸爸我问你
谢安棋，4岁，日本

外星人会来地球吗？
他会来找我玩吗？
他长什么样？
他知道我住几号几楼吗？
如果不知道
怎么才能找到我呀？

猫咪的眼睛变蓝了

冒念青，5岁，中国广西桂林

猫咪跳舞的时候
蓝雪花忍不住开了
一朵朵蓝雪花落在
猫咪的头上
猫咪的眼睛变蓝了

会跳舞的彩虹
杨懿歆，6岁，澳大利亚

七个小矮人去滑雪了
去雪山的路上，我们又唱歌
又做游戏
每个人都穿着厚厚的衣服
红色的、紫色的、粉色的
还有蓝色的雪花
站在一起就像七色的彩虹

七个小矮人被分成了两组
我们的三人组是最棒的
去到了更高的山上
每一次滑下来都像是在飞
后来我们又变成了一组
有时候我带队，有时候其他小朋友带队
一个接着一个滑下来的时候
就像彩虹在雪地里跳舞

夏夜随想

豆豆，7岁，日本

推开窗
看见夜晚的烟火
夜空
正在奋力地努力迎接明天
因为明天
将会和一个人相遇
那个人
在空中飞舞

所以
天空说
即使明天下雨
我也会让它天晴
天空在努力着
所以
请相信天空

葡萄的颜色

邱睿恩,7岁,澳大利亚

秋天,葡萄挂在藤上
葡萄宝宝像绿玻璃球
葡萄妈妈像紫珍珠
太阳把它们烤成棕黄色的葡萄干老奶奶
酒窖把它们酿成鲜红的葡萄酒
葡萄到底是什么颜色呢?

巨浪

朱黄艾琳，12岁，澳大利亚

一只孤独的吸管卡在海鸥的喉咙里
坠入深海，慢慢的死去
同伴继续着飞行，仿佛什么都没发生
只有大海用巨浪哀悼着死亡的秘密

一只幼小的鲸鱼被乳汁毒害
母亲紧紧的抱着它不肯放开
同一片巨浪汹涌而来
将它们永远的分离

巨浪

珊瑚变成了灰色
开出了彩色塑料的花朵
海龟停止了呼吸
被神秘的面罩夺取了生命

巨浪卷着海龟、海鸥和幼鲸
来到了无人的藏尸之地
这里睡着的都是被塑料谋杀了的生灵
回身的浪,恢复了往日的平静
转身离去却无能为力

老房子的表情

汪越之，15岁，中国上海

金黄色的字镌刻在半圆石板上，
那是烈日阳光下的微笑。
墙面栏杆上的棱角花纹，
那是对外敌贪婪的冷笑讥嘲。
廊前高挂的明灯牌匾，
那是对从古至今学者医者的欣慰。
堂中或红棕或米白的桌椅，
那是腹有诗书的华贵。
蓝天下的白墙红瓦，
白纸上的灰色图画，
是串联古今的印记，
是它得知孩子仁心依旧的如释重负。

老房子的表情

潘子乐，15岁，中国上海

一栋老房子，
它曾经的辉煌，现在的斑驳。
曾经的红木书柜，
现在的医用消毒水。
它曾经微笑过，哭泣过，愤怒过，
现在归于深邃的宁静。

河——从前与现在 陆子欣,14岁,中国上海

从前的他好脏啊,好像不懂得如何去清洗。
但是世人却不嫌弃他,而且与他共生。
时间能够冲淡他身上的脏味吗?
洋人的香水味夹杂在他的身上,
而世人貌似开始离他远去。
那现在呢?
我们踩在他的身上。

回　家

韩美妮（Betty Han），9岁，澳大利亚

冷风拂过我的脸，
夜色渐沉。
我的恐惧比夜色还深。
妈妈牵起我的手，我微笑。
我们那么近，那么亲。
双腿累得像冬眠的北极熊。
我们总算回到家。
躺在柔软的床上睡着，
我从未如此困倦。
反复梦到回家的路，
不断重复重复再重复。
无论多远都不重要，
重要的是我终于回家啦。

Walking Home (Betty Han)

The wind blows on my face,
I can feel it getting darker.
I'm scared. My mum holds my hand, I smile.
We are close.
My legs are as tired as a polar bear in hibernation.
We are home.
I lie in bed and fall asleep,
I have never been so tired before.
I dream about the other days walking home.
Repeating the same thing again and again no matter how long it takes.
It matters that I'm Home again.

暴风雨

苏家梁（George Su），9 岁，澳大利亚

天空湛蓝褪去，
肃杀厉风暴雨。
残枝枯叶颤抖，
天地撕裂色惧。

雨水肆意倾泻，
狂风声嘶力竭。
乌云翻腾汹涌，
滚雷无惮肆虐。

闪电击穿云眩，
何处是我家园？
风雨乌云遁去，
静谧湛蓝重现。

Storm (George Su)

The clear blue sky has faded away,
Because the storm invades someday.
Logs de-stack,
The Earth starts to crack.

As the rain is pouring,
You can hear the wild wind roaring.
Grey clouds form,
And the thunder starts to storm.

When the lightening starts to faze,
That's when you're stuck in a maze.
The dark grey storm fades away,
Because the clear blue sky invades every day.

秋叶碎

李海璐（Lulu Hai Li），9岁，澳大利亚

明媚的阳光，
澄黄的秋叶。

秋风萧瑟，
萧瑟只为准备新叶重生。
枝丫间——

秋叶零落在地，
辗踏成尘。
从太阳上坠下的星火，
准备飞升到天堂。

The Autumn Leaf Crumbs (Lulu Hai Li)

Bright and yellow sun shine,
Bright and yellow autumn leaves.
The wind blows,
getting ready
to grow new leaves
on the trees.

The autumn leaves
on the ground,
crumbing into dust.
Little specks of fire
dropping from the sun.
Getting ready
to fly to heaven.

优胜奖

回家
颜色
月亮和狼的对话
蓝天白云
我的快乐是黄色的
关于学校的绕口令
如果我是……
树叶的旅行
…………

《古村流水》 画作者：庄智云 6岁作

回 家

江乐依，11岁，中国上海

我独自走在小路上，
路灯忽明忽暗，
灯光摇曳不定，随风舞动，
我心中没有半点害怕，
反而十分欣喜，
信众的光照亮前面的路，
因为我要回家了。

颜色

颜 色 杨子衿，二岁，中国上海

马克笔一盒有30支
爸爸却只给我10支
他说你挑些基础色
剩下的色彩就要靠你自己搭配组合

我拜廖老师为师学国画
但他却只许我用墨不许上彩
他说墨有五色六彩
重、淡、清、浓、焦
基础墨会了再上色，彩自然更分明

天空之所以蓝
是因为太阳有青、蓝、紫、灰、白
你看到的蓝天并非它本色
化繁为简得到的才是最纯色的美
颜色不仅是看到的
更是用心书画出来的

月亮和狼的对话

肖乐天(Charlie Xiao),8岁,澳大利亚

白色月亮有时候弯弯有时候圆圆,
黑色的狼有时候发呆有时候唱歌,
白色的月亮想跟黑色的狼一起说话。
月亮把光照在狼的脸上,
告诉他,我们聊会儿天吧!
狼抬头看清了月亮的脸,
回答说,我们聊什么呢?
我们聊聊胡同中文学校吧!

蓝天白云

蓝天白云 游眉一，9岁，澳大利亚

白乎乎的泰迪熊们列队欢呼
庆祝七月第一天
鼹鼠们在空中水池里举行游泳嘉年华
上帝把一团又一团白颜料泼在蓝色板上作画

松绵雪白的马车轮
驶过明亮湛蓝的街道
五彩缤纷的糖豆儿撒向天空
彩虹色的早被挑走
只剩下那些苍白无趣的
连上帝也不想去吃的糖豆豆！

White clouds in the blue sky
游眉一

Teddy bears in parades
celebrate the very first day of July
Moles have fun in their swimming carnivals
God is painting white into the blue canvas

Wheels of puffy snowy horse carts
Rolling down the bright blue street
Jellybeans scattered in the sky
Rainbow ones are picked as treat
Left dull pale ones
Those God doesn't want to eat

我的快乐是黄色的

朱黄艾琳，8岁，澳大利亚

我的快乐是黄色的

像采蜜的蜂
辛勤的工作，甜蜜的呢喃

像葵花的眼
呆望着朝阳，清香随风飘散

我的快乐腻得像黄油
揉进妈妈的面包，爸爸的早餐

我的快乐是黄色的
用熟透的香蕉作画，拼出一张张笑脸

我的快乐是黄色的
金灿灿
亮闪闪
如被爱般纯粹而温暖

关于学校的绕口令

范佳铭（James Fan），12岁，英文诗，
范雪强译，澳大利亚

早上起来上学去，
学习知识有神技。
如果遇到新鲜事，
一定要用想象力。
演讲辩论真有趣，
锻炼思绪更缜密。
若是演示做报告，
简洁生动加新意。
学习习惯须扎实，
从容自若迎考试。
所有学业完成时，
就是学生毕业季。

Ations of School (James Fan)

In the morning we go to school,
To learn information.
As we all learn something new,
We use imagination.
When we settle a dispute,
We have negotiation.
If we want to show our class,
We have a presentation.
After we had learnt these things,
We take an examination.
While we pass all the tests,
We get a graduation.
And all these actions added up,
Make our education.

如果我是……
吴漫琳，12岁，中国上海

如果我是一只鸽子，
我会用天神赐予我可以在天空中翱翔的翅膀
和明亮的眼神，
去探索一切生命的光明。

如果我是一位救死扶伤的医生，
我会用我妙手回春的医术去治疗所有的病人，
让一些重病患者重见生活的希望。

如果我是一名惩奸除恶的警官，
我会尽我所能惩治一切的恶行，
让所有的受害者重见光明。

这便是我最大的愿望。

树叶的旅行

杨子衿，二岁，澳大利亚

有一片树叶
那么地普通
它希望
生命中能有一场旅行

它告诉了风
风答应做它的翅膀
它告诉了雨
雨答应做它的小船
它告诉了蚂蚁
蚂蚁答应做它的腿

最后
树叶实现了愿望
回到了
大地母亲的怀抱

永远不会落幕的音乐会
沈乐瑶，10岁，中国上海

张开双臂像鸟的翅膀一样舞动
抬起头
聆听这个世界
随着音乐的旋律旋转
踮起穿着芭蕾舞鞋的脚尖
羽毛飘下的舞台
红色的幕布缓缓合拢
星星坐在月亮船上歌唱
手指在钢琴上跳跃
神秘的银河
穿着黑白相间华服的音乐魔术师
把星星变成了我

大自然的舞台上有无数个我
开着一场永远不会落幕的音乐会

看

雲栐諾，3岁，澳大利亚

暖暖的、眯眯眼
太阳在看我
我用手盖眼睛，不给它看！
开一只眼、盖一只眼
太阳还在偷看我！

爬起来、看窗外
绿色、红色、黄色、巧克力色……
绿色叶子挂树上
红色叶子摇呀摇
黄色叶子飞下来
巧克力色叶子躺地上

太阳不看我了，在看巧克力色叶子
盖满地上——

口 罩

Alan Zhou,8 岁,澳大利亚

云彩是月亮的口罩
可是月亮并不喜欢
月亮故意咳嗽了一声
把口罩吹跑了

形影不离的好伙伴

形影不离的好伙伴 沈子卿，7岁，中国上海

我有一只好玩的水杯
杯子有两层
上层的图案是一家人坐着喷火龙过山车
下层藏着各式的乐高积木块
我非常喜欢，每天用它刷牙

我有一支会变色的牙刷
从浅蓝到深蓝
像城隍庙闪烁的五彩灯
像生活在沙漠和树林里的变色龙
我非常喜欢，每天用它刷牙

水杯和牙刷天天住在一起
不过,当我刷牙的时候
他们就会暂时分开
当我把牙齿刷得干干净净之后
他们又会重新变成形影不离的好伙伴

水杯和牙刷就像我和哥哥
白天我们各自上学
晚上我们在一起玩耍
哥哥常说我是家里的阳光
那么哥哥就是我形影不离的好伙伴

夜晚的朋友

肖乐怡（Chloe Xiao），10岁，澳大利亚

狼抬起头大声地对着月亮喊：
我能做你的朋友吗？
白白的月亮微微一笑，回答它：
当然可以。
黑黑的晚上吸走了所有的光亮，
只剩下狼和月亮还在聊天。
谁说狼和月亮就不能当朋友呢？

我没有打算要出门
杭杭，9岁，中国上海

上海中心被淘气的雾淹没了
城市好似穿上了半灰半白色的婚纱

最不喜欢空气差的时候去运动
外面的空气很差我没有打算要出门

我一出门就喘不过气来
空气中弥漫着一股气味

像棉花糖团在一起
像困在皮球里一样

就像夏天裹着一件棉袄
头颈里不停的流汗
湿答答，黏糊糊，汗渍渍

一场雨

吴上麒，10岁，中国上海

黑压压的一片，大地变成了黑色。
一滴雨落在我的头上，
落在大地上，
落在树枝上……
而我已在家里。
有多少人还在雨里？

沙 滩

戴艾艾（Agnes Dai），6 岁，澳大利亚

我看见海豚在冒着泡泡的水下潜行
我听见海浪穿过岩石的声音
我闻到防晒霜的味道
我触摸到海水的冰冷
我品尝到了口中的沙子

The Beach (Agnes Dai)

I see sparkling water with dolphin diving.
I hear the waves crossing through the rocks.
I smell sunscreen.
I touch the cold water.
I taste sand in my mouth.

我想……

郭逸群（Jasper Guo），8岁，加拿大

在亚马逊热带雨林，我想做一只可爱的河豚鱼
遇到危险，我可以把身体变成大圆球
还可以分泌毒液，战胜敌人

在非洲大草原，我想做一只温柔的猎豹
因为眼下的黑条纹，我可以在强光下看清一切
我还是短跑冠军，可以轻松追到羚羊，还可以成功逃离狮子

在喜马拉雅山脉的冰天雪地，我想做一只萌萌的雪豹
我又粗又长的尾巴可以帮助我飞跃悬崖，即使翻滚下去也安然无恙

我想……

在蓝色的海洋,我想做一只灵巧的拟态章鱼
虽然不能喷墨汁,我却可以变成各种有毒的
生物,吓跑敌人

不过,最厉害的还是微小的水熊虫
干旱的沙漠,炎热的火山,寒冷的北极,深
深的海底都是他的家园
他还曾被发射到太空,离开食物和空气,又
安然返回地球

大自然真神奇,你觉得呢?

我们用叉子和西兰花作画
韩美妮（Betty Han），9 岁，澳大利亚

我们用叉子和西兰花作画
用画笔画树干
用西兰花蘸着绿色的颜料画树叶
树胖得像大象

我用叉子蘸着红色的颜料
印在纸上变成花瓣
再用画笔描了花的脖子

蝴蝶的肚皮是棕色的
海绵点出来的翅膀和花瓣是一样的颜色

蝴蝶从树上飞到花上
去寻找它的好朋友

作业家 鲁洋帆,二岁,中国广东

爸爸希望
我成为一个
作家
可我却成为了
作业家

好不容易放了学
像飞一样
冲进我房间
一座喜马拉雅山
立在眼前

我要将
喜马拉雅作业山
一点一点写完
像小鸟啄米
要算清一共吃了
几堆米

还像婴儿学话
要将古诗
倒背如流

爸爸
让我休息一下吧
否则
我以后的事业
将是
地地道道的
作业家

快乐的袋鼠

Chloe Morrison，7岁，澳大利亚

爸爸的眼睛是蓝色的
像白天的天空一样

妈妈的眼睛是黑色的
像夜晚的天空一样

我的眼睛是棕色的
像袋鼠的毛皮一样

我就是快乐的袋鼠，蹦蹦跳跳
从夜晚跳到白天

《划船人》 画作者：庄智云 6岁作

传染

传染 朱黄熠安，7岁，澳大利亚

请问很多的水在一起为什么是蓝色的？
可每一滴水却是没有颜色的！

天是蓝色的时候，海是蓝色的
天是灰色的时候，海也是灰色的
它们像病毒会传染吗？

太阳在云的屁股上打针，云哭了
哭完就开心地变蓝了
开心也会传染吧

来世之旅
叶霭林,13岁,澳大利亚

死亡的影子掠过
像暴风雨般的灰云
血液卷起痛苦的尖叫
接着是撕心的哀嚎

死亡之塔笼罩着我们
可怕而未知
这是我们必须面对的恐惧
而且必须单独面对

但死后我们又将何去何从
天堂或地狱
来世之旅
没有人能活着知道

来世之旅

但我相信当死亡来临
你的灵魂不会死
它就像内心的火焰
发光而且鲜活

用一千年的仁慈吧
仅此简单的价码
换取天堂的一席之地
——一千年的乐园

重生化作一颗星星
在云层中闪砾
被人怀念和爱戴
美丽而且自豪

Journey of the Afterlife
叶霭林

Death is a shadow over us
Like a stormy grey cloud
It is a blood curling scream of pain
Followed by heart wrenching howls

Death towers over us
Dreaded and unknown
It is a fear we all have to face
Individually and alone

But what really comes after death
Heaven or hell
The journey of the afterlife
No one has lived to tell

But I believe when death comes for you
Your soul does not die
It is like a flame inside of you
Glowing and alive

A thousand years of kindness
Is the simple price
For a place up in heaven
A thousand years of paradise

Reborn as a star
Shining up in the clouds
Remembered and loved
Beautiful and proud

沙滩上美好的一天
Vanessa Tsui，9 岁，澳大利亚

我仰望美丽无云的天空。
我不知道在云上跳跃和行走会是什么样的感觉。
我迅速爬上天空，抓住一片蓬松的白云。
我得到的云越来越大，直到达到其他云的大小为止。
然后，当我跳上云层时，云层就升起了。
然后我再次跳到沙滩上，把脚挖进去。

沙滩上美好的一天

我的腿上感觉到明亮的黄色石英颗粒的粉末。
这让我想到了沙地到底有多深。
我建造了一个巨大的巨型沙堡,突然间它变得越来越大。
我跳进城堡,躺下。

我品尝新鲜的净化空气。
我听到了海浪飞溅的声音。

去海边是最好的体验
在炎热的夏日。

A Beautiful Day At The Beach
Vanessa Tsui

I look up at the beautiful cloudless sky.
I wonder what it would be like to jump and walk on the clouds.
I quickly reach up into the sky and grab a piece of the fluffy white clouds.
The cloud I got became bigger and bigger until it was the size of the other clouds.
Then the cloud rises up while I jump on it.
Then I jump onto the sand again and dig my feet into it.

A Beautiful Day At The Beach

I feel the powder of the bright, yellow grains of quartz on my legs.
It makes me think how deep is the sandy floor.
I build a big, giant sandcastle and suddenly it grows bigger.
I hop inside the castle and lay down.
I taste the fresh purified air.
I hear the sound of the waves in the ocean splashing.

Going to the beach is the best experience to have on a hot, summer day.

黑筷子

李海璐,9 岁,澳大利亚

一双黑色的筷子,
一只长一只短。
一个阿姨,用它们在吃饭。

我和妹妹,
一个高一个矮,
一起种了朵太阳花。

不是每双筷子都一只长一只短,
不是每个姐妹都一个高一个矮。

脆弱的心

朱黄熠安，7岁，澳大利亚

一颗心在一颗心的上面
一个隐形人被埋在地底下
雕塑被竖在城市的中心
他是如此有名的坏蛋
有那么多人喜欢他

纸头已经容不下我的心
就要画出边界了

雪

游眉一，9岁，澳大利亚

雪，雪，飞得那样高
洒向山之巅
好似一面雪白的鼓
"咚咚咚"敲打着天

雪，给寒冷壮了胆，却畏惧太阳
知道最糟糕的也终将过去
它会蜷缩成一个小球
没人理会也无人问津

雪

冬日即将结束
南极的礼物也要送出
巨大的暴风雪不停地下
让我们终于有机会肆意玩耍

所以为何不拿着那个属于你自己的雪球
尽情嬉戏从春到秋
只不过无论如何
你也无法阻止它最终会被抛弃在大门之外！

Snow
游眉一

Snow Snow riding loft
Sprinkled atop mountain top
The white is as white as a whitish drum
Who bangs to beat dum dum dum

Snow braved the cold, but feared the sun
Knowing the worst will be done
As it shrinks to a little ball
No one cares, not at all

Snow

But now as winter ends
Antarctica's present, it will send
A massive blizzard, it snows all day
Letting us humans have something to play

So why not, get your very own snowball
Enjoy it from spring to fall.
You can't stop this from happening, even if you tried,
To save your snowball from being dumped outside.

优秀作品

我是一只鸽子
我的琴声
带着皇冠的刺猬
我喜欢篮球
我的弟弟
神奇的非洲
快乐
季节的祝福
…………

《小鹿》 画作者：庄智云 5岁作

我是一只鸽子
雲栎諾，3岁，澳大利亚

飞上了树枝
我是一只鸽子。呼呼呼——
叫上妈妈 爸爸 哥哥
外公 外婆。爷爷 奶奶。
一起飞 飞 飞——
高高看下去
机器人打坏人。
噢！噢！噢！耶！耶！耶！
打赢了！
呼呼呼—— 叫来长颈鹿
抱着长颈鹿的脖子 嗖～ 嗖～ 嗖～
一个 一个 一个滑下去
我跟爷爷 奶奶、外公 外婆 说拜拜拜……
我跟哥哥 爸爸 妈妈
一起啦～啦～啦～ 回家啦

我的琴声

雲栎臻，10岁，澳大利亚

我喜欢弹琴
弹那种很长很柔和的音乐
可以为芭蕾伴奏
我已经很久很久没有跳舞了
因为这个讨厌的病毒

总是在网上找不到合适的音乐来跳舞
就想着自己弹一首歌
"Ballade Pour Adeline" 特别适合

舞台上，虽然我不是领舞
但我真的很开心
所有的小朋友随着我的琴声舞动

带着皇冠的刺猬

陈海韵，7岁，澳大利亚

戴着皇冠的小刺猬在看着我。
它看见我穿的红裙子。
刺猬喜欢我的红裙子，
我也喜欢。

刺猬看着我，我也看着它。
我看到了它身上的刺，
还有它戴着珠宝的皇冠。

刺猬爱我，我也爱它。

我喜欢篮球

艾文,7岁,澳大利亚

NBL是澳大利亚篮球联盟
我特别喜欢
一共有九个队
最好的队是Perth Wild Cats
队标是一只猫
他们赢了十个冠军

悉尼的篮球队也很棒
上个赛季前七轮都没输过
第八轮输了,我不难过
因为他们放弃了最重要的比赛
这不是我想要的
他们不应该放弃

我喜欢打篮球
我不能解释为什么
我没有大的篮球架,我只有小的
我想买一个更大的篮球架

我的弟弟
艾拉,9岁,澳大利亚

弟弟很烦
我不知道他为什么烦我
他会打我,有时候用手
有时候用脚
他兴奋的时候会很吵
当我们意见不同的时候
我们会争吵

但是
他的篮球打得很棒
他在听故事的时候特别安静
他非常大方
他会帮助别人

我们一起玩的时候
弟弟很好很可爱
我做作业的时候,他也在做作业
弟弟会为我做早餐

我的弟弟

还给我买生日礼物

我会陪弟弟玩儿
会陪他笑也会逗他笑
弟弟也一样
我们经常一起哈哈大笑

神奇的非洲
艾米丽·崔（Emily Choi），8岁，澳大利亚

在神奇的非洲，
那儿有狮子成群，
所有动物都鞠躬。

在神奇的非洲，
那儿有温暖的气候，
让你惬意到脚趾头。

在神奇的非洲，
太阳放光成一幕风景！
在神奇非洲，
几乎万物都常新！

Amazing Africa!!!
Emily Choi

In the amazing Africa,
there are lions,
every animal bows!

In the amazing Africa,
there is warm weather,
it rests your toes!

In the amazing Africa,
the sun shimmers into view!

In the amazing Africa,
nearly everything is new!

快　乐

安娜贝尔·陆（Annabelle Lu），8岁，澳大利亚

今天又是一个星期天。
我以为星期天一定是晴天而今天却下着雨……

窗外，
我看到瓢泼的雨，
我听到轰轰隆隆的雷闪电划过黑暗。
夜晚来临，
它们都神奇地开始消失，
直到不见了踪影！
清晨，
我看到美丽的蝴蝶飞过天空，
松松软软的花朵在阳光下闪耀，
还有小鸟在妈妈的身边，
欢快地唱歌。
我又开心了。

HAPPY

Annabelle Lu

Today is Sunday.
I thought Sunday means sunny
but it was raining today…

Out in the window I see,
big fat blobs of raindrops,
and I hear deep thunder
crashing through the darkness.
During the night, they magically
started to disappear!

In the morning, I see,
beautiful butterflies
flying through the sky,
flabby flowers shining in the sun,
and baby birds chirping
with mother on their side.
I am HAPPY again.

季节的祝福 艾米丽·陆（Emilyn Lu），12岁，澳大利亚

春天的抚摸是那轻拂过的微风
吹起从北方飞回南方的鸟儿们的羽毛
拂过人们的秀发
为世界带来宁静

夏天的微笑是那一缕金色的阳光
慷慨地洒在孩子们身上
让人们沐浴在快乐中
为世界带来欢笑

秋天的丰收是松鼠为冬季的来临做准备
经过漫长而勤力的工作
终于可以安心地冬眠
为世界带来安慰

冬天的爱是全家围坐在温暖的壁炉旁
带着敬仰的心
为他们的父亲哼唱着赞美诗
为世界带来喜乐

A Season's Blessing
Emilyn Lu

Spring's touch is a gentle breeze
Ruffling the feathers of the birds coming home
Brushing through people's hair
Bringing calmness to the world

Summer's smile is a ray of golden sunshine
Showering the children generously
Bathing people in happiness
Bringing laughter to the world

Autumn's harvest is the squirrel preparing for winter
Doing long, hard work
Resting in the end
Bringing relief to the world

Winter's love is the family by the fireplace
Singing hymns to their Father
Adoring him
Bringing joy to the world

妹妹篇

纪泽恺，10岁，澳大利亚

爷爷会写歌儿
我想唱爷爷写的歌儿

我会唱爷爷那首《梦回故乡》
还想让爷爷写妹妹篇

不是妹妹篇，是姊妹篇
爷爷对我说

我不服气
不是"姊妹"篇
是妹妹篇

爷爷笑了
他为什么笑呐
我糊涂了

归 去
余童茜,19岁,中国广东

归去,归去
这飘悠的言语
不断地回响着
于我的脑海里
它渗入我的灵魂
被泛起的苦涩压制着

归去,归去
让我再次
迷失于那
溢满慈爱的眼睛

归去,归去
让我再次
接受着
那饱含爱意言语的洗礼

归去

归去,归去
看岁月是否
遵循和时光的约定
攀上她的脸庞

归去,归去
我内心沸腾着
却又不能归去

我想归去
想褪去尘世的一切
想洗去身上的尘埃
倾入她那久违的怀抱

想要像儿时那样的撒娇
想要像儿时那样的胡闹
想要在
她对此无可奈何之际
献上最诚挚的祝福
康乃馨幻化为我的祝福
而繁星为它点缀

家 乡

鲁洋帆，11岁，中国广东

家乡总是令人回忆，
家乡是亲人所住的地方，
是亲情所在的地方。
谁不说咱家乡美！

春天，家乡的野花漫山遍野，
艳丽的花儿争相开放。
红的似火，白的像雪；
黄的似阳，粉的像霞；
百花齐放，五彩缤纷。

夏天，家乡的小河碧绿如玉，
河水哗哗地流，清澈见底。
大石头旁有些小鱼、小虾，
游来游去，快乐嬉戏。

家乡

秋天,稻香百里,
一亩一亩的稻谷像一片片金色海洋,
稻草人和小鸟的深情舞蹈。
一亩稻谷,十里飘香。

冬天,腊梅金黄。
像一名战士;
战风雪,抗严寒。
在冬日傲然挺立。

家乡是游子一直怀念的地方。
家乡的样子没人会忘记。
家乡,我成长的地方。

鱼

罗含章(Johnny Luo),9岁,澳大利亚

幸福而平静的鱼,
有的在沙子上悠闲地休息,
像蜥蜴在晒太阳;
有的在水里快乐地游来游去,
像天上的鸟在飞。

花儿

花儿 李天天（Tiana Ramsey），8岁，澳大利亚

花，花，花，哦，哦，哦，哦，哦，哦，
花，花，花，哦，哦，哦，哦，哦，哦，
有一天我发现一些花儿
真漂亮，真漂亮
因为那是他们花开的方式。
花以许多不同的方式而美丽：
颜色，形状和大小
只有一些我可以叫出名字。
很多不同的花，
雏菊、玫瑰和紫罗兰
还有很多
这只是一部分
常见而美丽的
就像你一样！
就像你一样！

FLOWERS
Tiana Ramsey

Flower, flower, flower, o, o, o, o, o, o,
Flower, flower, flower, o, o, o, o, o, o,
one day I find a flower
that was beautiful
because that's the way they are flowers.
Flowers are beautiful, in many different ways :
Colours, shapes and sizes
are just some that I can name.
There are many different flowers,
such as daisies, roses and violets,
there are many more,
but this is just a few
that are common and beautiful,
just like you!
just like you!

山顶许愿 李佳千，5岁，日本

我去爬山了
很高很高的山
我很累
可是我没放弃
终于爬上了山顶
哇啊！真宽阔！真美啊！
风有点儿大，吹得很舒服！
山顶上有一座小小的神社
我许了一个心愿
愿一切不如意，快点儿离开吧……

夏　日

曾意丛，6 岁，日本

白天
太阳和风打架
太阳赢了
后来
到了晚上
风赢了

搞笑的诗 齐子为，8岁，葡萄牙

就像在学校里
我们会改古诗
全班同学一起改
改完就变成我们自己的诗

就像在学校里
我们还改顺口溜
全班同学一起说
改完又变成我们自己的诗

我们把改的古诗和顺口溜串在一起背
一边笑一边改
一边改一边背
全班同学一起笑
笑着笑着就变成了我们自己的故事
我要写一首搞笑的诗 我喜欢我们的诗

郊　游

刘知常，9岁，中国上海

有次我去郊游
小鸟对我啾啾
一阵风吹过，大树抖了抖
像是在和我问候

漫步在小湖边
有的人划船，有的人聊天
划船的人划啊划
聊天的人谈啊谈

我们都享受着惬意的时光
后来我又来过很多次这个地方
与小鸟、大树一起嬉戏
和大自然捉迷藏

垃圾分类歌

龚诗晴，13岁，中国上海

天灰了，水黑了，
我们的环境一团糟！
要想天变蓝，水变清，
就让垃圾分类来帮忙！

纸头、布头、金属头；
木头、瓶头、塑料头；
通通拿来再利用，变废为宝，好处多。

剩饭、剩菜、水果皮；
拿来去做有机肥，养花、养草环境美
城市处处是花园。

电池、灯管、温度计；
油漆、家电，化妆品；
都是有毒有害品，特殊处理保安全。

少污染，节资源
青山绿水还回来，
垃圾分类靠大家。

离家之别墅野趣

葛子腾，8岁，中国上海

幽静的春之夜晚
一台红苹果变的车开来了
趴在车里的我，很困很困
推开别墅的门冲了进去
躺在床上便睡着了

早晨，醒来
唤醒小伙伴们一起玩手游
平日里，很少能玩这个，因为妈妈不准许
随后我们又去大大的院子里打水仗
我的浑身都湿透了，很冷很冷
赶紧跑进别墅洗个热水澡

午饭的时间到了
桌子上摆放了各式各样丰盛的中餐
真让我垂涎欲滴
我恨不得把饭碗里的饭全部吃光
这可不是我平时的模样

午后的阳光让人觉得很舒服
花园里散步,顺便给花儿浇了浇水
牵着一只小狗到河边看风景
第一次遛狗,我望见
狗笑眯眯地看着我,我们成了朋友
真想把它带回家

恋恋不舍地看着美丽的别墅
说了声再见
苹果变的车子启动了
仍然是要带我回到高楼林立的家

无论……

无论……
墨涵，二岁，中国北京

爸爸是画家
妈妈是画家
我就是小小画家

爸爸喜欢画人物
特别喜欢像妈妈一样漂亮的女人
妈妈特别喜欢画蓝天白云
天就像老家的河水一样蓝
云就像成熟的棉花一样白

我特别喜欢画飞翔的小鸟
我画的小鸟
它长着一双会舞动的翅膀
它飞得很高很高
飞得也很远，很远——

无论……

小鸟使劲地飞
飞过了高山飞过了海洋
小鸟不停地飞
飞过森林也飞过了草原

小鸟抬头看蓝天
一朵一朵的白云依旧追着它
小鸟低头看看大地
像妈妈一样的女人
扬着头向它挥手、微笑

小鸟终于明白了
无论它飞得多高
无论它飞得多远
爸爸和妈妈都会永远地陪着它
永远眺望着它
飞向更远,更美丽的地方

漓江船夫

漓江船夫 潘邓谨演,8岁,中国广西桂林

我的家乡有烟雨蒙蒙的漓江
江里有活蹦乱跳的鱼儿游来游去

山啊,水啊,都是绿色的
碧空如洗的蓝天吸引了我的双眼

渔船在江面上划出一层层波浪
和鱼儿在赛跑

山的另一边传来一阵阵歌声
是在召唤渔夫快点儿回家
烟雨蒙蒙漓江鱼
碧空蓝蓝山水绿
渔船只只向东流
歌声串串回家去

读 书

潘邓谨演，8岁，中国广西桂林

观文馆里读好书
文学经典全目睹
茶馆一文叙旧事
北京城里最幸福

炎炎夏日

张博文，7岁，中国广西桂林

灼灼的烈日像火球挂在天上
所有的人都汗流浃背
炎热真叫我烦恼

愿作水中的小鱼儿
和小虾做朋友
和水草一起跳舞
凉爽自得乐逍遥
灼灼烈日当空照
汗流浃背心烦恼
愿做水中小鱼儿
凉爽自得乐逍遥

颂荷花

张博文,7岁,中国广西桂林

一骑芙蕖潭中绽
万千淤泥而不染
待到盛夏烂漫时
与君同赏荷花色

我家猫咪小舞

冒念青，5岁，中国广西桂林

一
我家猫咪小舞
喜欢花下跳舞
小舞摇动树枝
叫醒蝴蝶起舞

二
抱起小舞亲亲
小舞打起呼噜
看她滑到梦里
蓝雪花落怀中

猫咪的眼睛里

冒念青，5岁，中国广西桂林

因为蓝雪花
猫咪的眼睛变蓝了
我想钻进她的眼睛里
游泳

四季歌

四季歌 熊玥嘉，5岁，中国广西桂林

天上明媚的太阳
照耀着我前进的步伐
地上青青的草园
是我嬉戏的花园
花儿朵朵
蝴蝶飞舞
风筝在天空飞翔

春天万物苏醒
夏天荷叶连连
秋天一片金黄
冬天雪花飘飘

四季歌

一年四季
我沐浴着阳光雨露
尽情地享受这成长
啊
春夏秋冬——你真好
天上有太阳；
地上有草园。
一年有四季
春夏秋冬好。

格桑花开了

格桑花开真美丽，
幸福吉祥又如意。
张张笑脸映天蓝，
澄澈傲骨满人间。

格桑花开了　熊玥嘉，5岁，中国广西桂林

芭比娃娃
熊玥嘉，5岁，中国广西桂林

我爱芭比娃娃；
可爱又漂亮。
眼睛明又亮；
还会讲故事。

外婆家的菜园子 徐商杰，5岁，中国广西桂林

外婆家的菜园子，
是一个绿色的小世界，
有各种各样的蔬菜……
里面有萝卜，菜花，菠菜，还有小葱。
菜园里还能看到蝴蝶和小蜜蜂，
我喜欢外婆家的菜园子。

立 夏
蔡紫阳，6岁，中国广西桂林

知了知了直苦叫
乐得鸭子河里跳
蚂蚁不停要搬家
欲知雷雨即来到

快乐的狗宝宝

快乐的狗宝宝 梁富祥，6岁，中国广西桂林

满月的狗宝宝
爱撒娇
爱地上打滚
像一个
毛绒绒的小圆球
一双水汪汪的大眼睛
瞬间
变成毛绒球中的宝石

院子里的桃花
黄依娜,9岁,中国广西桂林

口哨
院子里的桃花
绽开了
灿烂的笑脸
粉红的,浅红的,深红的……
它们用热情
渲染了整个春天
我知道
今年的春天
特别浓

《笛声中的池塘》 画作者：庄智云 6岁作

夏天的池塘

梁文希,9岁,中国广西桂林

夏天的池塘
是一个红绿相间的世界
池塘里
开满了荷花
像一个个漂亮的小碗
碧绿的荷叶
像一把把绿色的小伞
青蛙坐在荷叶上
唱起美妙的歌
荷叶下
有一群群小鱼在捉迷藏
我喜欢夏天的池塘

家乡的小河
贲梁欣，9岁，中国广西桂林

家乡的小河
清晰得像面镜子
能把我们的脸
映在水面上

夏天
天气很热
小鱼们呆在水下
非常凉快

秋天
树上的叶子
落在水面上
像一只只小船
正在比赛

冬天
水面上结冰了
小朋友们穿上溜冰鞋
在厚厚的冰层上
溜冰
非常开心

告别春天
——读徐志摩《再别康桥》有感
母林江，12岁，中国云南香格里拉

轻轻地她走了，
　　正如她轻轻地来；
我轻轻地挥手，
　　作别春天的使者。

那河边的垂柳，
在夕阳的余晖中，
犹如一位美丽的少女，
与群鸟一起为春天送行。

告别春天

院子里的迎春花,
渐渐地枯萎了;
可是她依旧含着泪,
憧憬着来年的春天。

悄悄地她走了,
正如她悄悄地来;
她缓缓地走了,
不带走一片云彩。

造就努力者

王赋宇，12岁，中国云南香格里拉

（其一）

时代改变了，
它变得公平了。
它是由努力者造就的，
同时，
它也造就了努力者。

过去，
有李贺的怀才不遇；
现在，
有李贺的千古名句。
过去，
有哥白尼不被认同；
现在，
有被视若真理的"日心说"。

时代改变了，
变得公平了。
古人努力没有平台，
后人有平台怎么可以不努力?

(其二)
皓月当空魁府中，
才子齐聚论纷纷。
天神允谁坠红尘，
坛中作荷以绘文。

(其三)
古国华夏能人多，
池中掩埋久已没。
哪朵荷莲争先放，
笔墨发觉世间红。

时光啊,你慢些走!
马永萌,12岁,中国云南香格里拉

时光啊,你慢些走!
我还想听听老师的谆谆教诲;
还想听老师讲各种故事;
还想让老师在作业本上写下评语。

时光啊,你慢些走!
我还想与同学们在操场上奔跑;
还想与同学们在教室奋笔疾书;
还想与同学们放声高歌。

时光啊,你慢些走!
我还想在校园中多停留一会儿;
我还想在教室中认真学习;
我还想在礼堂中开展活动。

时光啊,你慢些走!
一千颗星星还未折完;
千纸鹤也从未飞向蓝天;
纸船还未载着我的梦想驶向远方。

时光啊,你慢些走!
梦想还未实现,
童话还未成现实,
我们怎能这么快就分别?

时光啊,你慢些走!

时光啊,你慢些走!
爬山虎还未爬满墙壁,
种下的小树也未长高,
我们又怎能离开母校?

时光啊,你慢些走!
我还没有珍惜。
我要抓住你,
紧紧不放!

伟大的母爱
高杰镭，12岁，中国云南香格里拉

世间有一种伟大的母爱，
十分的温柔、细腻。
它犹如一缕阳光，
让你的心灵在寒冬时也能温暖如春；
它又如一阵春风，温暖游子受伤的心灵。

每一次分离，
那个熟悉的身影总会倚在门槛上，
默默地留下不舍的泪水。
而在亲人面前，
却仍然坚强。

虽说母亲节我过得并不隆重，
但在我心中，
每天都是母亲的节日。

希望的力量

刘达，12岁，中国云南香格里拉

突兀的山石之中，
冒出的那一株株松树，苍翠挺拔，百折不挠。
是什么造就了它们？是生存下去的希望。

干旱酷热的沙漠之中，
长出的那一棵棵仙人掌，
没有水依然生机勃勃。
是什么造就了它们？是为人服务的希望。

宽敞明亮的教室里，
传出一声声郎朗书声，
孩子们在短暂的时间中努力学习。
是什么给他们前进的动力？是建功立业的希望。

人的生命很短，
而希望的力量无限大。
让希望充满我们的未来，
为我们指引前进的方向。

特别推荐

艾熠（15首）
雲枺諾（7首）
韩旭（5首）
郁姝、郁珩（2首）

《懒猫猫》　画作者：庄智云　7岁作

艾 熠（15首）

朱黄熠安（Julian H.Zhu），笔名艾熠，8岁，澳大利亚悉尼

艾熠从小便表现出极高的艺术天分，琴棋书画成了生活的一部分。曾获得悉尼国际少儿春晚最佳表演者，第四届全球华语朗诵大赛一等奖。艾熠的诗歌充满了无限的想象力，对自然和动物的感知力让他的诗句灵动而富有童真和哲意，他在诗歌中快乐、在诗句迷茫、在文字中探寻，逐步形成了小诗人独有的自我意识。

第四只手

我不知道怎么了？
鼹鼠、猪、兔子、人很小
家狗在天上飞
坏女孩用第四只手伤害着其他人
因为她是邪恶的

模糊成一团的霸王龙，胡乱抓着翼龙
美人鱼在鱼缸里游泳
鱼缸突然飞了起来
红色的珊瑚飘到了水面上
霸王龙变成无数的尖刺
刺进了翼龙的身体

我不知道她怎么了
她在用第四只手伤害着其他人

黑　色

黑色的狼在呼唤粉红的月亮
在高高的悬崖上

月亮像奥利奥
被草莓牛奶浸过一样
粉得很美

天空是黑色的
我的头发和眼睛也一样

欢乐的游泳池

有一天一只熊猫去游泳
但是一个胖子用身体占满了泳池
胖子的毛在水中浮了起来
所有的动物只能在他的毛里游来游去

熊猫跳在胖子的身上
游泳池里的水和小动物飞溅了起来
贴在了游泳馆的墙上、玻璃上
还有天花板上
就连桌子也开心地在天空飞来飞去

远　行

黑的天，白的山
没有树叶的树
笔直地站在那里

瀑布流到天上去
白雪守护着北极熊

天空映出独角兽的光
一家人向大山深处走去

碰什么就是你的

妈妈说
"她的手碰了什么,什么就是她的了"
她碰了糖果、巧克力还有酒

我碰到了一片柠檬
所以它就是我的啦
柠檬是糖果做的
糖果是用巧克力做的
巧克力是用酒做的
所以它们都是我的了

这时候,妈妈碰到了我
我要跟着她走
因为我也是她的了

看不懂的书

我有很多看不懂的书

我看不懂烹饪的书
我不知道那些调料是什么
我不知道怎么用炉子
分不清橄榄油、黄油和芝麻油

我看不懂做头发的杂志
我不会用发胶和剪刀
我不知道怎么去染头发
更不会给人刮胡子

我看不懂做园艺的书
我不认识种子
我也不认识各种颜色的土
我不知道要在花里浇多少水

我想每天学一个词
长大以后，就可以读懂了全部

《镜中的苹果园》　　画作者：庄智云　6岁作

手掌上的希望

把希望放在手掌
高高举起

让它飞到天上
给鸟希望 给云希望

让它飞到月亮上
给宇航员希望 给宇宙飞船希望

让它飞到黑洞里
给宇宙希望 给外星生物希望

希望是有重量的
轻和重只有手掌知道

我们来聊聊吧

我们来聊聊天吧
天上有鸟 有蝙蝠 也有云
天上有月亮 有太阳 也有星

住在云里的人们在奔跑
孩子在云端追来追去
一个云中人落到了陆地上
他在努力地寻找回家的路

我们来聊聊天吧
天上有鸟 有蝙蝠 也有云
天上有月亮 有太阳 也有星

太阳晒着月亮上的一座座公寓
使他们变成了灰烬
灰烬用尽千年变成石头的雕像
雕像飞向黑洞变成星

我们来聊聊天吧？
是真的聊聊天呢！！

海　星

金黄色的沙滩上睡着无数美丽的星
嘘—— 请别吵醒它
阳光下的梦多么美丽

妈妈拾起了一颗放回海里
她说"海星离开了家,大海会伤心"

我的房间就是我的泥塘

你看见我在干嘛吗?
我在把我的房间弄乱
因为它是我的泥塘

停——
别吵我,我的乐高又坏了
这是你的错!

停——
不要把我的房间弄干净
请不要这样!

我的房间就是我的泥塘
野兽在这里长大

哦呦喂

妈妈你是我的"哦呦喂"

我把牛奶洒在地上
你说"哦呦喂"

接我放学,我把脏手手放在你手里
你说"哦呦喂"

我问"早饭吃什么、中午吃什么、晚上吃什么"
你说"哦呦喂"

我做奇奇怪怪的东西的时候
你说"哦呦喂"

哦呦喂

你看到我的奖状证书
你说"哦呦喂"

你写错诗的时候
我拉琴拉好和不好的时候
你都说"哦呦喂"

我起得比你早
比你起得晚你都说"哦呦喂"

你就是"哦呦喂!"

紫色月亮

紫色的月亮挂在天上
照得云像紫色的棉花糖

一会儿云又变成了紫色的浪
白色的浪尖会唱歌
黑色的小熊、猫咪、恐龙、蚯蚓在跳舞

月亮睁着大眼睛
看着快乐的生日派对

第三只眼睛

第三只眼睛长在考拉的手心
看着彩虹
彩虹变成一只七色的鸟
飞来飞去

第三只眼睛长在企鹅的脚背
看见很多鱼在大海里
游来游去

第三只眼睛长在长颈鹿的头顶上
看见一只蝴蝶落在老树上
生下了一个蚕宝宝

怎样才能证明?

怎么样才能证明?
证明恐龙是鳄鱼、鲨鱼和鹤鸵的祖先

我知道
鹤鸵的角可以打开妈妈藏宝盒
可我却不能

怎样才能证明
或许,也不需要证明

出 口

我可以发光,但我不是火

我被困在一个冰雪的世界
四个方向、四个出口
只有一个能让我逃走

一扇门的背后有饥饿的鲨鱼
一扇门里有四只狮子
一扇门的面前有僵尸把守
一扇门外有龙卷风

我应该选哪一个?

《奔向未来》 画作者：庄智云 6岁作

雲枀諾（7首）
3岁，Apple Yuan 采集，澳大利亚悉尼

  雲枀諾，2020上海国际青少年诗书画大赛现代诗歌特等奖获得者。他就像一个诗歌的神童，几乎所有的言语都能不经意流露出诗意。在导师艾琳的引导和母亲悉心的采集中，他的童语拼凑出了一幅幅生动的画面。

一起看星星

天黑了,月亮对我笑
我背上书包,举起双手
1、2、3,脚下踩着火箭
嗖一下,飞上了天空

把书包挂在月亮的尖尖上
靠着月亮躺下来,数星星

远远看到一个粉色的妹妹
坐在星星上,和我眨眼睛
那是我的好朋友,Joey,
我招招手,她骑着星星飞过来

我打开书包铺好垫子
我们手拉手
一起野餐,一起看星星

朋友

朋友

云是太阳的朋友
云抱着,太阳在闪耀

风是树叶的朋友
风吹着,树叶在招手

光是灰尘的朋友
光照着,灰尘在跳舞

花是蜜蜂的朋友
花开着,蜜蜂在亲亲

蜗牛是鼻涕虫的朋友
蜗牛背着房子,鼻涕虫在取暖

哥哥是爸爸的朋友
我是妈妈的朋友
每个人都有自己的朋友

干净的水

水里有汽水瓶、塑料袋、还有拖鞋
很臭的味道——
妈妈教我垃圾要扔垃圾桶
为什么水里有垃圾!

鲸鱼生病、鲨鱼生病了
大鱼生病了、小鱼生病了
八爪鱼、虾、小乌龟也生病了
珊瑚、水草都生病了

生病的小乌龟又痛又咳嗽
我喂他喝干净的水
它好起來了,和我玩捉迷藏
水里的动物都喝上干净的水
都不生病了!

我的大书包

我背着大大的书包走路去学校
书包装得鼓鼓的

一只小狗跑向我
我温柔地拍拍它

他趴在我背上嗅嗅我的书包
一定闻到了书包里很香的午餐

小狗打不开我的书包啊
突然,它又闻到——
草地上有一块饼干!
小狗跑啊跑,跑去草地

我挥挥手和小狗拜拜——
背着我大大的书包走路去学校

唯 一

哥哥说，我是他的诺诺
妈妈说，我是她的诺诺
爸爸说，我是他的诺诺

究竟有多少个诺诺？

当我把水里的影子踢成两半时，是三个
当我看着相片中的我时，是两个
其实只有我，唯一的一个

倒在我的怀里吧

妈妈——
当我睡在你怀里
为何游泳池在天上

妈妈
为何全世界都颠倒了
当我的头从你臂弯滑下

你看——
蜘蛛网挂满了枝桠
妈妈呀妈妈,如果你是树
我就是岩石
您要是摔倒,请倒在我的怀里吧

会走路的花

晚上我画了三个会走路的花
它们从画里走出来

走到小路上,看见了蚂蚁
和蚂蚁打哈哈
蚂蚁说,我在搬家
三个会走路的花问要帮忙吗
蚂蚁说,不了,你们是花
它们马上变成蚂蚁帮忙搬家

搬到花园,看见了毛毛虫
和毛毛虫打哈哈
毛毛虫说,我要变成蝴蝶了
三个会走路的花问要帮忙吗
毛毛虫说,不了,你们是蚂蚁
它们马上变成蝴蝶,一起飞

会走路的花

飞到小河上,看见了一条小鱼
和小鱼打哈哈,
小鱼说,我要到大海找妈妈
三个会走路的花问要帮忙吗
小鱼答,不了,你们是蝴蝶
它们马上变成了小鱼找妈妈

我喊,妈妈!
妈妈拍拍我,说,宝宝睡吧
我闭上眼,三个会走路的花
回到了我的画

《风中的口哨》 画作者：庄智云 8岁作

韩旭（5首）

韩旭，Tiger Han，11岁，澳大利亚悉尼

　　韩旭，无数本土和国际钢琴赛事的桂冠选手。

　　艺术总是相通的，小小钢琴家用诗歌探索着，思考着。他把自己想象成风一样自由，感悟像惊险和延绵的过山车一样的人生，同时又保持着"狐狸窜进了巢穴，袋熊躲进了洞穴。只剩下猫和鼠，还在你追我跑"的梦幻与童真。或许，这就是诗歌给他带来的传递动人的音乐的力量。

风

无论我走到哪里,
经过每一个地方,
听,忽高忽低的口哨声,
嗖嗖地,从身边环绕。

突然,
不经意地,我掠过空中。

凉凉的,
傻傻的。

终于,
我停下歇歇脚,
过去已在脚下。

学校随想

灵感，出其不意的想象力，
创新，新颖而凸显个性，
挫败，意志被压抑和削弱。

入学，吸取知识，
毕业，收获成绩。

病毒，入侵了你的身体，
疫苗，驻守着你远离伤病。

人口，国家之生命力，
教育，赋予你征服生活的力量。

哈,这人生

这人生啊,
是惊险和延绵的过山车,
跌宕起伏,蜿蜒曲折,
它在伴着你的每一次大起大落后,
总能把你推向又一次高峰!

我

我

好奇爱幻想的我,
憧憬着未来……

听,一个小怪物在召唤,
看,仿佛到了玩具之国,
我张开双臂
迫不及待想拥抱他们

挚爱音乐的我,
梦见我就是指挥家!
眼前的这架神奇的钢琴,
有着像彩虹般柔软的键。
哦,请小心翼翼地触摸着她们,
生怕失去这美妙的旋律。

我

谦虚有思想的我
音乐对于我太重要
音乐是永无止境的
我梦想去指挥一个玩具乐团

做最好的自己
传递动人的音乐

这就是我,好奇,谦虚的爱乐人!

猫的故事

猫的故事

雷霆肆虐,
闪电崩塌。
动物们忙着寻找安全的庇护。
狐狸窜进了巢穴,
袋熊躲进了洞穴。
只剩下猫和鼠,
还在你追我跑。

砰!砰!砰!
不好了!
猫追老鼠,
困在树上。
树着火啦,
转眼之间,
一阵大雨,
扑灭了火,
猫得救了。

动物们跑着呼吸新鲜的空气。
他们问猫是否安好，
猫却回答道
我讨厌下雨，
我讨厌被洗，
众所周知我不喜欢水。

《闲言·闲语》　　画作者：庄智云　8岁作

郁姝、郁珩（2首）
3岁，杨雯君采集，上海

　　郁姝、郁珩，孪生的姐妹，每日闲言闲语的尬聊成了妙趣横生的诗意的琐碎。悉心的妈妈，将两个小朋友的对话及时记录编撰整理，便有了"姐姐·妹妹和妈妈"的系列组诗。两个性格迥异的童真对话，幸福的铺展着……

娴言·娴语

1

妹妹听闲话
吃蛋挞
姐姐勿听闲话
吃头挞

（头挞：上海方言，敲脑袋的意思）

2

妹妹：
为什么叶子变黄了
因为秋天了

什么叶子变红了
因为秋天了

为什么叶子没有了
因为秋天了

姐姐：
不是的，不是的
叶子没有了
因为冬天了

3

妹妹：妹妹麨听迭只歌
姐姐：侬把耳朵捂起来

4

妹妹要困爸爸肚皮
伐好,今天轮到姐姐了

阿拉一道困爸爸肚皮
伐好,爸爸只有一只肚皮呀

个么妹妹困妈妈肚皮,好哇啦
好的, 好的呀

(困:上海方言,睡的意思)

5

姐姐:我要坐你的吃饭椅子。
妹妹:不好!
姐姐:你给我坐你的椅子,我让你做我的姐姐,好吗?
妹妹:好的。

6

妹妹：姐姐，侬伐要弄我的W。
姐姐：为什么？
妹妹：要瘪特额。

(W：妹妹摔跤脑门上肿了个包的意思)
(瘪特：上海方言，扁掉的意思)

7

妈妈，你看
妹妹停下来
云朵也停下来
妹妹走了
云朵也走了

姐姐、妹妹和妈妈

1

妹妹：妈妈你在干嘛？
姐姐：妈妈在做面膜呀！

妹妹：为什么你要做面膜呀？
姐姐：因为妈妈好看呀！

妹妹：妈妈你在干嘛？
妈妈：在做面膜呀。
妹妹：哪能妈妈嘎难看啦！

2

妈妈：姐姐侬是小猪伐？
姐姐：姐姐是小猪。

妈妈：妹妹侬是小猪伐？
妹妹：妹妹长成大猪啦。

3

妈妈：臭妹妹来了吗？
妹妹：臭妹妹来了。

妈妈：臭姐姐来了吗？
姐姐：我是香姐姐。

4

妈妈：姐姐侬是只小坏蛋伐？
姐姐：姐姐是只小坏蛋。

妈妈：妹妹侬是只小坏蛋伐？
妹妹：妹妹是好蛋。

5

妈妈：你口袋里装的是谁呀？
姐姐：是汪汪队。

妈妈：袋鼠口袋里装的是谁呀
妹妹：是小宝宝。

6

妈妈：你今天打针哭了吗？
妹妹：哭了。

妈妈：你今天打针哭了吗？
姐姐：没有，因为我是一个勇敢的小家伙。

7

妈妈：姐姐，洗澡啦

妹妹：小黄鸭，快过来
你的头发湿掉了
我给你打伞

妈妈：妹妹，也来洗澡啦

小黄鸭，有伞了
可是我的小白兔
还在雨里，我要为他打着伞

倾听未来的声音

我的玩具车
搭积市
小兔兔
最棒的比赛
我爱妈妈
喜欢
调皮的胎记
嘘，这是一个秘密
…………

《童真》 画作者：庄智云 6岁作

我的玩具车
米多，3岁，中国上海

我在开我的玩具车呢
我的玩具车是崭新的

车内是黑色的
方向盘是黑色的
安全带也是黑色的
都是黑色的！

你听——
启动的声音有点儿大呀
你看——
红色的车身多气派

我在开我的玩具车呢
它是崭新的

搭积木

韩若萌，3岁，恭常寒砂采集，澳大利亚悉尼

请千万保护好我的房子
请保证我的房子不能倒
我不喜欢我的房子倒
我喜欢的时候不要倒
我不喜欢的时候可以倒
如果我的房子倒了
我还要再做一遍

小兔兔

韩若萌,3岁,恭常寒砂采集,澳大利亚悉尼

有一天,小白兔从房子里出来,
她说:
我喜欢我的房子,不会坏!
别,倒,下,来。
我喜欢我的游泳池,
我不要我的树倒,
我要我的房子在这里,
我要你们待在这里,
我的妈咪和爹地。
不要坏人把妈妈爸爸和爷爷奶奶偷走。
我喜欢你们。

最棒的比赛

林小沛，4岁，澳大利亚悉尼

我会画画
王子、车车 还会画美人鱼
王子是赛车手
美人鱼喜欢游在大海里

美人鱼有粉色的尾巴
她拿了一颗天上最美丽星星
送给王子

开着粉色赛车的王子说了句
"谢谢"
赢了最棒的比赛

我爱妈妈
Olivia Chen，5岁，澳大利亚悉尼

我，亲亲妈妈的嘴
我，摸摸妈妈的头发
我，香香妈妈的脸
我的身上都是妈妈的味道
我爱你，妈妈

喜 欢

兜兜（Thea Zhou），5岁，澳大利亚悉尼

我喜欢妈妈的双手
因为可以抱我
很爱，很温暖

我喜欢和妈妈一起玩
她会把我弄笑了
很开心

我喜欢和妈妈一起看书
她会在我耳朵里说话
很放松

调皮的胎记

骆子璇(Olivia Luo),5岁,澳大利亚悉尼

我有一个胎记
我睡觉的时候它出走了
它去了游乐场荡秋千
它去了幼儿园,和我的朋友们一起玩
它回到了我的床上,把我的床单弄湿了
啊噢
它太调皮了!

嘘，这是一个秘密

骆子璇（Olivia Luo），5岁，澳大利亚悉尼

我坐在我心爱的车上。
谁也没有注意，有蜘蛛一家人住在我的车里。
嘘，别告诉别人。这是一个秘密！
突然飞来一只粉色的鸟，它是一个女孩，我知道。
哦，天哪，它吃掉了一只蜘蛛！
它没有吃蜘蛛姐姐，
它没有吃蜘蛛妹妹，
它没有吃蜘蛛妈妈，
它没有吃蜘蛛爸爸，
它没有吃蜘蛛爷爷。
天啊，它吃了蜘蛛奶奶！
它没有故意选择，我知道，因为我看见它了。
嘘，别告诉别人。这是一个秘密！

雨，雨，雨！

游眉曦，6岁，英文诗，母亲南宫无影译，
澳大利亚悉尼

到处都是雨，从不停歇
无休无止 上演着趣意，

雨，雨
真是打扰
不要再击破寂静的屋顶
躲藏在草地的阴影里
如同车窗上摆动的雨刷
风暴来临
席卷大街小巷
飞机一般的速度

雨，雨，雨！

晶莹闪亮的翅膀
停留片刻
转瞬风一样追上我
降落在草地
呼啸过窗
一直吹向绿宝石一般的海滩

雨，雨
宛若流沙
略过绯红脸颊的空气
却被高耸的墙壁阻隔
从左到右
无力挣脱
大雨 任意席卷
狂风 随时吹乱

南　北

果昭彤（Trinity Guo），6岁，澳大利亚悉尼

我，在南
你，在北
南北，我你
思念，爱

妈妈的味道

Hebe,6岁,Allen,9岁,澳大利亚悉尼

哥哥说:妈妈尝着像甜甜的蛋糕
妹妹说:妈妈尝着像辣辣的咖喱土豆
哥哥说:我也喜欢吃

厨房哗啦哗啦小爆炸
那一定是妈妈!

我的春天

大J，6岁，与母亲冷翎合写，澳大利亚悉尼

我，最爱的季节是春天。
因为春天来了，万物复苏、生机盎然！
我，最被她的美所陶醉。

春天来了，寓意着新的一年重新开启。
我们要尽情地在阳光下欢闹
像晒被子一样，把所有坏心情晾出来、晒干净！

春天来了，鸟儿也飞来了。
清晨推开窗棂，它会冲着我开心地唱歌跳舞。
让我一天的心情都格外的美丽！

我的春天

春天来了,花儿也盛开了。
繁花锦簇、五颜六色,一簇簇花团、一阵阵花香,
把蝴蝶和蜜蜂都招引来了,好热闹啊!

春天来了,风儿也跟着来了。
约上小伙伴一起去放风筝,风筝跟随轻风翩翩起舞,
我们也随着风儿追跑嬉戏,太开心了!

我的春天,是万物复苏的春天;
我的春天,是快乐歌唱的春天;
我的春天,是百花争艳的春天;
我的春天更是尽情欢笑,嬉戏玩闹的春天!

所以我,最爱春天!

一

丢 掉
林小拓，7岁，澳大利亚悉尼

我去了健身房
丢了我的钱 丢了我的包
丢了我的帽子 丢了我的衣服

丢了我的手机
丢了我的水壶 丢了我的笔
还丢了我的笔记本

可是，我没有丢掉任何的体重

生命的流走

龚皓腾（飞飞），8岁，上海

战场上的烟火好大
我的坦克、大炮、玩具兵
都在激烈的战斗

两个军队在山坳里决战
射穿了彼此的装甲
穿甲弹在装甲车里开了花

每个人都在努力的装弹
一发接着一发的炮弹冲向树林
无数的大树纷纷倒下
大火熊熊燃烧

生命静静地流走
玩具兵，再也回不去自己的家

无聊诗

游眉曦，7岁，澳大利亚悉尼

无聊就像呆坐着
无聊就像织毛衣
无聊真是太无聊

晴朗的天气
无聊总来造访
当他时不时走开
很快又会回来

无聊 就像啃着一个烂苹果
无聊 就像在摇椅里摇啊摇
无聊就像一个人高空里开着飞机
而所有的朋友在迪斯尼乐园里尽情嬉戏
但是小心！别把无聊的情绪到处传染！
无聊真是太无聊！

夜晚，并没有那么可怕

Isabelle Hu，7岁，英文诗，K译，澳大利亚悉尼

绿色的长毛怪物来了
紧追不舍地追赶着我
从他的血盆大口里
涌出滚烫的红色的熔浆

光着脚丫奔跑着
我并没有大哭大叫
像狮子般咆哮着
他大声吼出我的名字

骤然间
一道蓝色的闪电划过
在他正要抓住我之前
我醒了——
在充满惊愕的寂静里
我的勇敢
让这个夜晚显得并没有那么可怕

《春来秋去》　画作者：庄智云　7岁作

我的春天

杜涵琛（Hansen Toh），8 岁，澳大利亚悉尼

我看见，花和蝴蝶
我听见，弟弟的笑声
我看见，爸爸妈妈的笑容
我感觉到，温暖的阳光

我的春天
是凉爽的
我的春天
是一幅美丽的画
我的春天是快乐的

我的春天
充满了希望
还有，梦想

我会游泳
Eileen Fu,8岁,澳大利亚悉尼

我喜欢游泳,好玩儿
因为有水,我的脚在水里
腿在水里,我的屁股也在水里

我的胳膊像青蛙一样推开水面
头钻到水下,就像钻到被子里
我能呼吸,因为我会游泳

我的书
韩美妮,9岁,澳大利亚悉尼

1

写啊写,一天天,
我终于写完了,
马上就来啦。
明天晚上就会来,
我希望我是对的。
有封面,有页面,还有色彩,我都能看见。
噢,这是我写的最好的书,
我的书要来啦,
它比最好还要好。

2

我打开一本书,然后闯进去,
现在没人能找到我。
我把我的椅子,我的房子,
我的街道和我的世界抛在脑后。
我穿上我的外套,带上我的帽子,
骑在我的马背上。
骑呀骑呀,
我看到一个地方,
那里有与龙搏斗的王子们,还有自由奔跑的独角兽,
还有许多神秘的动物在觅食和玩耍。
可惜故事总要结束,
我也得离开。
不再有外套能让我躲藏。
我在我的椅子里,我的房子里,
我要继续读下去,直到故事真的开始。

似曾相识
游眉一,9岁,英文诗,母亲南宫无影译,澳大利亚悉尼

在你的身体里有一种熟悉的感觉
这是似曾相识
你以为你曾经见过
但也只是你自己的幻觉

起初它只是一点点扰动
然后它越来越强烈
接着你被瞬间击倒
犹如扣动了心灵的扳机

也许它来自你的前世
那时你是另外一个生命
或者只是你的记忆
混淆了不同的往事

亦真　　亦幻
它随处可见
倘若你已记不清晰
它回荡在你的意识最深处

雨,雨,雨!

游眉一,9岁,英文诗,母亲南宫无影译,
澳大利亚悉尼

暗沉天幕紧闭
蜷缩诡秘
无人预料到的路边小花
首先遭遇
犹如迅速扩散的病毒
席卷沙漠或是都市
海浪般啫喱状
淹没干涸土地
透明石的敲打

无数门窗不堪一击
渐渐，漫过房屋
仿佛刚刚割草一般被夷为平地
摇摇欲坠的建筑
"快跑，快跑！"，就连老鼠都不能驻足
"万能太阳神阿波罗，"我默默祈祷，
"祈求您的垂怜"
点滴似山间涓涓细流
阿波罗举起了太阳神杖
光芒照耀每一个角落
世间喧嚣 尘埃落定

树　叶

Ethan，9岁，澳大利亚布里斯班

嫩绿的叶子是大树的手指头，
微风赶来，树叶带着笑声招手。
雨过天晴，
它用力甩出透明的水珠。

当雪花飘落，
叶子悄悄把自己藏起，
炽热阳光让它再次舞动指尖。

凉爽的秋风把叶子变成金黄色，
它恋恋不舍地向大树挥手告别……

快乐的龙

Jeremy Zeng,10岁,英文诗,
母亲 Apple Yang 译,澳大利亚悉尼

那是谁的龙?
——我想我知道。

它的主人很快乐,
像彩虹般的喜悦。
我看着他欢笑
大声的向他说着你好! 你好!

他摇了摇龙的尾巴,痛快的大笑,
你听,远处传来海浪的声音和醒神的鸟鸣
龙信守着承诺
它是那么雄伟、强大而神秘

香甜的糕点请带他进入甜美的梦乡吧
让他从柔软的榻上醒来,饱餐着果酱和面包
快乐的迎接新的一天

我的秘密之境

雲栎臻,10岁,英文诗,Colleen译,澳大利亚悉尼

躲在什么之下才是最佳秘境
藏起来不太黑也不太挤
起码没有陌生人打扰
来我的家,你得有本事进来
在此秘境我才不要你入侵

我的卧室最棒
屋里的床下就像一个鸟窝

床那么大好处真多
底下无论何时无人可藏
下面日夜轮换亦无人能寻

夜 晚
韩美妮，10岁，澳大利亚悉尼

寂静之声在回荡，
四下无人在彷徨。
闪烁的明星和月光，
从午后便不见影踪。
当太阳走失之后，
所有人都打了个巨大的张口。
我们需要关灯睡觉，
飞吻一下，道声晚安。

战 争

战 争
游眉一，10岁，澳大利亚悉尼

枪林弹雨
警报频传
瑟缩在地下
依然活着 就是最大的祝福

清晨五时
钟声敲击
宿命的一天 又将开启
在将领的冷嘲热讽中 敌机悄然降临

充血的眼 折断的骨
绞痛的胃 感染的肺部
我踽踽而行
医院里满目紧裹的绷带和殷红的牛仔裤

战争

这是什么?是电影的画面?
不,这是现实,充满着痛哭和嚎叫。
一场战争,无数生命的丧失
肢体辗转于风尘之中 渐渐腐朽

战争 是一次无法抓捕的犯罪
为土地 为金钱 抑或是只为了制造混乱
它是憎恶 仇恨和报复
它是人类最大的污点
何时 才能改变?

我不怕危险

艾伦，10岁，和母亲晓征合写，
澳大利亚悉尼

妈妈，聪明的人
在危险没来之前就知道危险了
不那么聪明的人
危险来了以后才知道

妈妈，我只想说
你是聪明的，可以做很多准备
但请相信
发生什么事都不要紧
我不怕危险

妈妈，勇敢比聪明更重要
聪明的人误判了危险
或者危险最终并没有真正出现

妈妈，我只想说
或许，我没那么聪明
但你给了我勇敢
发生什么事都不要担心
我不怕危险

夜空

夜　空

Vanessa Tsui，10岁，澳大利亚悉尼

当我蹲在粗糙的岩石上时，
我深深地凝视着大海和天空。

随着太阳的传播，
光线从地平线的边缘闪烁，
将白天变成黑夜。

看到所有乌云都过去了，
我回头看，
突然出现的回忆，
就像当我去海边看星星时，
或者当我在沉思这些回忆时，
那些想法都有其意义。

夜空

当我有压力时,
我喜欢绘画,
当我感到特别难过时,
我想打坐。

夜空慢慢变成白昼,
太阳开始闪耀。
然后每个人都会聚集在一起,
享受很多很多的乐趣!

街角的公园

杨林让，12岁，澳大利亚布里斯班

又是一年
花开，草长，果树熟。
阳光里大人、小孩玩耍欢笑。
平静的湖面倒映出
秋千，滑梯，跷跷板。
闻着嫩绿的草香，
我再一次闯入
儿时的梦乡……

妈 妈
马畅（Daniella），12岁，澳大利亚悉尼

有一种难形容的气味
像花生一样香
但也像辣椒的火

看起来她很普通
但在我眼里是名牌货

她说话时像长笛
复杂醇美的曲子飘过我的耳朵
她的皮肤是纯丝
很滑，很白，很自然
所以我拿了一只笔
为了写"妈妈我爱你"

春之舞
Mia，12岁，澳大利亚布里斯班

田野里开满了水仙，
一株三叶草覆盖了小山。

太阳跳舞唱歌，
凝望着春天的美丽。

我展开双手拥抱着青绿。

四季的祝福

吕伊睿,12岁,英文诗,李娜译,
澳大利亚悉尼

春天的抚摸
是那轻拂过的微风,
吹起从北方飞回南方的
鸟儿们的羽毛,
拂过人们的秀发,
为世界带来宁静。

夏天的微笑
是那一缕金色的阳光,
慷慨地洒在孩子们身上,
让人们沐浴在快乐中,
为世界带来欢笑。

秋天的丰收
是松鼠为冬季的来临做准备,
经过漫长而勤力的工作

四季的祝福

终于可以安心地冬眠,
为世界带来安慰。

冬天的爱
是全家围坐在温暖的壁炉旁,
带着敬仰的心,
为他们的父亲哼唱着赞美诗,
为世界带来喜乐。

日　出

许浩然（Daniel Xu），12岁，澳大利亚悉尼

天
慢慢地
染上了红的颜色

一丝微微的白光
照射在大地上
带来了
生机和温暖

碧绿的小草
迎风招展
挺着它们骄傲的身板
望着无穷无尽的海滩

小鸟懒洋洋地
站在干枯的树干上
那棵树

日出

被刚刚醒来的太阳
雕刻上了金边

突然
太阳,仿佛撞击了地球
迸发出灿烂的色彩

小动物们
渐渐地苏醒了
我
也醒了

《秘境》 画作者：庄智云 7岁作

一切的可能

Aaron Xiong,13 岁,英文诗,Crystal Xiao 译,澳大利亚悉尼

站在渡口 我感受着短暂的属于自己的时光
想到我需要攀登的障碍
像短暂的梦,困顿的双眼
以及将成为我骄傲的沉重负担

大提琴在风中摇晃,似乎要裂开
它用它的重量拍打着我的脊椎
我昏昏欲睡的样子和忧郁的心情
使我拒绝改变,让我无法逃离
闹钟的回声和手机的诱惑
还有我母亲红红的脸颊,愤怒和紧迫的语气
催促着我
在日光开始渗入之前入睡

一切的可能

透过渡轮的窗外 我的目光无法从
穿过港口的一个个水圈中移开
久久不曾眨眼,我双目紧绷
但是内心已经就要做出决定,
去消释这个寒冷的早晨出现的所有失落
用音乐迎接大地,深厚而温暖

刹那间,一片白茫茫
在我面前游到空中,狂野而满足——
好像一对,一对翅膀
它们为了陪伴我而升高
它飞得那么自由,只问候那些
为寻求在别人眼中无人能及的目标而努力的人

看到海鸥,我感到释怀
把自由、运动和成功集于一体
一切的可能

平淡的一天
龚皓翔，14岁，中国上海

隔离在家
又是平平淡淡的一天
好像没有什么特别的事
我就像一只无头的蜜蜂
在房里转圈
平时最爱读的科幻小说
都变得索然无味

弟弟不情不愿地写着作业
不时跑到我耳边
牢骚满腹地抱怨：
"作业怎么这么多，多得像大海
看也看不到尽头！"

我说:"你在房间里转圈,就像在海里游泳,
而你开始动笔,就像乘上了快艇,在海面上飞驰,
飞到作业海洋的尽头"

弟弟开心地回到了书桌旁
笔尖下流出了沙沙的写字声
而我
还是那只无头的蜜蜂——

妈妈的爱

安妮，14岁，澳大利亚悉尼

妈妈的爱是在开学时
告诉我要努力学习
妈妈的爱是在放学时
问我今天过得好不好
妈妈的爱是在考试前
给我加油打气
妈妈的爱是在失利后
告诉我没关系

附 录

主编的话

　　诗歌教育的目的不是培养诗人，其过程是引领人们培育具有诗意情怀、同情心和共情力的有趣灵魂；美育教育的终点不是予人以艺术家的头衔，而是让人们在认识美、体验美、感受美和欣赏美的同时提升辨识美和创造美的能力；我们倾尽全力，不过是为了拓展丰富的个人精神疆域，并且在与世界交流的过程中找到一个畅通而有效的渠道。于是为童诗艺术集作"序"，在我看来便成了一件有些无所适从乃至画蛇添足的事情，正如用艺术评论的专业论调来对在自家走廊上肆意涂鸦的孩子的作品大肆渲染，会成为人们茶余饭后啼笑皆非的趣谈。

主编的话

有序？无序？与其纠结"序"的问题，不如在深夜静处翻出孩子们的诗句，静心漫读：

我说，天堂鸟是神奇的鸟
天堂在地下，它在地下飞
穿过了地面，变成了花

每一行诗句都让我着迷，每一个灵魂都充满了童趣。

她，或许是才华出众妙笔生花的小小艺术家，或许是小试牛刀的文学探索者；他，或许是挥毫泼墨出口成章的小诗人，或许是初尝翻译的小勇士；无论他们是谁，无论他们在世界的任何角落，无论他们拥有着怎样的肤色、使用着怎样的语言；他们对诗歌的热爱是执着的，对艺术表达的深情是真挚的，我听到了他们的声音……

在此，我愿以无序之"序"与您分享；用爱与包容呵护这份对未来的真诚，心怀感激侧耳倾听。

艾 琳

下个路口，我们会相见

人生，总是站在无数个十字路口，朝左或者朝右，面临各种选择。记得2020年，去看远在美国求学的女儿，我偶尔会想：如果当初选择了去美国看女儿，或许就不会遇见艾琳和古冈，不会有大赛，更不会有今天这本诗集的出版。

因为工作关系，我有幸认识艾琳老师，电话那头艾琳的声音果敢而甜美，我们有了第一次互动——上海国际青少年公益书画活动。艾琳老师带着近20位澳大利亚青少年的作品来了，而最佳作品的作者，也获得了一件极其珍贵的证书——印有经陈佩秋先生（已故）授权的书法作品的剪纸证书。

二度牵手是我带着"上海国际青少年诗书画大赛"的项目力邀艾琳老师做现代诗歌板块的评委会主席。这一次,身在大洋彼岸的艾琳,为我引荐了华东师大出版社文学编辑、沪上著名诗人古冈老师,并亲自组建了诗歌评审团队——一群华东师大毕业的高材生、活跃在当下诗坛的年轻力量,共同撑起了整片现代诗歌的天空。

依托互联网,在上海、大别山、温州、云南、桂林、澳大利亚、日本、英国……一场场关于诗歌活动,在线上线下接力开展起来。艾琳(澳大利亚)、古冈(上海)、晴子(日本)……越来越多的诗人和志愿者加入进来。于是,下班的路有了诗歌的陪伴,堵车不再变得令人烦恼;双休的午后,BFC阅外滩的一角因诗会友,看图说话的功夫,一首小诗就诞生了。在澳大利亚的超能社区、日本的蝴蝶书院、华东师大的大夏书店、云南的香格里拉、加拿大温哥华的国际学校……诗歌的旋律流淌着、传递着,随着时间的推移,越来越多的海内外青少年的积极响应,一时间掀起了一股青少年读诗写诗的小热潮……

只有播种过希望才能结出丰硕的成果,

初夏当我们把希望撒向大地时，那颗坚强的嫩芽已经在众多爱心与汗水的浇灌下准备着破土而出了。艾琳老师选择了华东师大出版社，因为专业度、知名度及其在国内出版界的地位，得益于古冈老师的沟通与帮助，华东师大出版社的鼎力支持，诗集或将于不久的将来与全国各地的青少年诗歌爱好者见面，书店的书架上你会惊喜看到你的诗和你的名字。

  诗歌是一门高雅的艺术，被世界公认为文学之母。多读诗有助于提高人的文学修养和欣赏水平，特别对正处于学习成长阶段的青少年，读诗有利于陶冶高尚的情操，提高阅读思考能力、语言表达水平和审美能力，帮助青少年养成自主学习、博览群书和深度思考的好习惯。这个世界纷繁复杂，诗歌会让人拥有辨别是非的能力，所以，愿所有的青少年永葆一颗赤子之心，愿每一个不曾起风的日子都能有诗相伴，那样即使没有风，我们依旧拥有让心飞翔的勇气和力量。

  感恩艾琳老师、古冈老师以及所有的促成诗集出版的诗人和志愿者，因为所有人的努力和坚持，让我们做了一件意义非凡的小事儿，为所有的孩子们。

艾琳老师，记得我们的2020年的约定吗？下个路口，我想我们一定会再相见，期待第三次牵手时刻，为孩子们带来更多诗的精彩与美好……

王　静

上海青少年国际交流中心国际交流部长

2022年3月

地狱之火与赤子之心

艾琳老师、古冈老师最初邀请我做初审评委时,我并不确定我是否合适。我似乎是一个童年和青春过于短暂的人,过于早熟。穷人孩子早当家,对单纯美好之物,心怀疑虑。虽然如此,心中却又十分幻想着。后者使我选择接受这一对我颇为困难的事——一个童心不发达的人,能否感受童心之美?当时在读一本儿童诗集《大山里的小诗人》,心下戚戚,乡下孩子在诗中追光的意志感动着我,地狱之火燃烧,恶之花绽放,亦不能殆尽赤子之心,不是吗?

很多活动在线上进行,一些交流也只能有条件的孩子参加。而我更希望能给

"大山里的小诗人"更多可以参与的机会。其实很多年前,我就是"大山里的小诗人",我十二三岁开始写诗,后来虽间断多年,星星点点的火,熄而未灭,我虽然已经离最初的路很远了,但总还有些初心的痕迹。我想,诗也许是每个人心中一点灵明闪光,微弱却绵长。如今我也许只是燃烧的地狱之火,却以为可以护卫着赤子之心,等待着,等待着他/她们成长。遥远的守护神守护着你们啊,她是爱与美的神,我希望是她的士卒。

参与这个活动,对我是一个学习过程。与儿童接触,某种意义上也是与事物本源对话。在一次线上活动中,艾琳老师引导孩子把心中的诗呈现出来,这正如苏格拉底的精神助产术,看着一首首活生生的诗生产的过程,使我惊叹不已,这是一种不同于成人独白性质的创作方式,包含着诗很多原始的本质,比如对话,比如对言语的吸收与转化。与艾琳老师一直线上联系,希望不久将来,我们能线下畅叙。古冈老师与我亦师亦友,是他促成此事,我亦心怀感激。最后感谢春婷、意奴、可欣,我邀请她/他们与我合作时,她/他们都很上心。期待下一次的愉快合作。

黄家光

（男，1991年10月生，浙江遂昌人。2020上海国际青少年诗书画大赛现代诗歌评委，华东师范大学哲学系博士，温州大学人文学院讲师。香港中文大学访问学人（2019），华东师范大学知识与行动中心青年研究员，上海大学中国当代诗歌研究中心特聘研究员，入选浙江省"新荷计划"人才库（2021）。在《华东师范大学学报（哲社版）》《科学技术哲学研究》《新诗评论》《思想与文化》《中国图书评论》等核心期刊发表论文，在《文艺报》《新京报书评周刊》《北京晚报》《星星》《青春》等发表诗歌作品。）

不被禁止的花园

"失去孩子的花园，春天不再来了"，王尔德在《巨人的花园》里这样说。直到象征力量与权威的巨人醒悟，举起斧头，砍向禁止孩子享用春天的围墙，他心爱的花园才得以重新复活。他也因此收获了天堂的入场券。

在成年人的眼中，小孩子常常是被教导、被代领、被要求"不"的。"不"能吵闹、"不"能奔跑、"不"能在花园摘花或者爬树。"东西会被搞得乱糟糟！""衣服会被弄脏的！"，一代一代的孩子就在无数"不"的人世规训中长成了大人。

然而，诗歌的世界却更接近天堂——万物丰富，有不被禁止就能自洽的和谐。这自洽的和谐本身，正生存于那纷繁复杂的混乱之中。

一首诗歌，就是一个小小宇宙，一道天堂浅浅的投影。和大自然一样，词与词各自生长，又彼此看顾。它们就像棕榈树和紫云英、短尾兔与猫头鹰，从不会担心自己过于旺盛的生长，会破坏周遭环境的和谐。每个居住其中的成员，都有自己的角色与工作，自知或不自知，勤勤恳恳、生生不息。

诗人的工作也类似如此，使得词与词摩擦、碰撞，发生全新的关系，在一堆混乱中，探寻、再呈现潜藏于蛛丝马迹里的逻各斯。要一个词语分泌出下一个词语，诗人就得把自己当做蜜蜂那了不起的胃，尽可能多地汲取花汁与香粉，再将它所承载的倾囊而出。虽说蜜蜂们本身只是为了筑巢建屋，但却在无意之间甜蜜了他人的心。

当孩子把某个词语说出，当他张开嘴，牙牙地指认出一个物件，一种全新的体认就从他的身体里蹦出，抛向世界。即使是他词不达意、手舞足蹈表达所求的时刻，诗人也很容易能从中认出自己。创作就是这样打开自己的笨拙努力：忘了从前所是的那个人，让生命敞开、信息进来；承认自身渺小，承认从不认识全部的世界;毫不犹豫摒弃吝啬,而将生命辛苦所得的酿造和盘托出。

重新做回小孩子是多么难的事啊!谁把眼睛看向他们、学习他们,谁便有了成为诗人的可能。

朱春婷

(青年诗人,生于上海,2020上海国际青少年诗书画大赛现代诗歌评委,同济大学创意写作硕士。发起城市女性诗歌团体"城市漫游者"。曾获上海市民诗歌节新锐诗人奖,于浦东图书馆举办个人诗歌朗诵会。作品收录于《汉语地域诗歌年鉴》《中国当代城市诗典》《中国新诗排行榜》等刊物,作品散见于《上海诗人》《中西诗歌》《中国诗》《当代诗坛》。另作童话、童诗。)

以诗教人,以美育人,以文化人

在心为志,发言为诗,诗是语言的突出,是灵魂的战栗,是心声的吐露。诗以她独有的模糊、复义、多向和永恒的灵光一闪,较之单纯的语音和日常的语言更能曲尽其妙、其幽地表达世间无数不可言传之事、之物。品鉴诗歌,心灵的枯荷就会得到甘霖的滋润;悦读诗歌,生活的落木就会得到春阳的煦姁;而书写诗歌,人类短暂的渺小的肉体生命更会变得无比高贵和闪亮。

我国素有"诗国"的徽称,孔子还特别强调诗歌作为一种教育方式的重要性和基础性,他老人家在《礼记·经解》中说:"入其国,其教可知也。其为人也,温柔敦厚,诗教也。"此后,在漫长的两千年间,"诗教"成了中国别具一格、源远流长的教育传统,也成为从文化上定义"中国人"的应有之义。遗憾的是,步入到现代社会以后,功利主义教育思想占据了主导地位,一代又一代的青少年学子遂与诗教渐行渐远。在这样的氛围中,上海国际青少年诗书画大赛("鸢尾的旅行,陪孩子写一首诗")的成功举办,无疑是一件振奋人心的喜事。以诗教人,以美育人,以文化人,于今又见之矣。承蒙大赛组委会的厚爱,以我愚悃,不揣浅陋,忝列评委之席。而我也借此机会欣赏到来自寰宇各处的小朋友小诗人的佳作,琳琅满目,整体水平之高,远远超出了我的阅读期待,令人深有写诗要从娃娃抓起、诗教终究不堕之感。

"倾听未来的声音",每一种声音都是可贵的,都能让我看到小朋友小诗人们真善美合一、赋比兴兼备的童心和诗心的交相辉映。有纪泽恺小朋友《给爷爷自由》中家庭幽默的温馨美好;有 Mirabella 小朋友《辫子》中对日常琐事的罗曼蒂克想象,有鸟居小百合小朋友《下午的生物课》中对课堂场景的瞬间突发奇想;有文怀德小朋友《我是谁》中发人深省的哲思——他所表现出的思想成熟度让人分外惊喜，有游眉曦小朋友《蓝天白云》中天真烂漫的绮想——她所勾连的意象使人深为折服……林林总总，不一而足，小诗人的内心世界和想象世界是如此地令我深陷其中，流连忘返。

  我衷心祝愿我们的小诗人再接再厉，更上层楼，尽可能取法乎上，博观而约取，厚积而薄发，通过诗教和美育，打开人类丰饶精神宝库的大门，并进行属于自己的更为独一无二的创造。乘流光，策飞景，凌六虚，贯涵溶，亲爱的小朋友们，你听，美好的诗托邦在召唤我们的歌唱！

李意奴

（青年诗人，2020上海国际青少年诗书画大赛现代诗歌评委，华东师范大学中国语言文学系博士，光华诗歌奖获得者，嘉润·复旦全球华语大学生文学奖获得者。）

孩子是不朽的诗人

　　最初被邀请担任上海国际青少年诗书画大赛诗歌组的初审评委时，我的心中不免有些忐忑。作为夏雨诗社（华东师范大学文学社团）第十九任社长，在从前的诗歌履历中，我却从未接触过儿童诗的评审与阅读。什么算是真正的儿童诗歌？离开了技术性的修饰，应当如何对儿童诗进行判断？纯真的歌咏是否由于太过简单而难以承载艺术的重量？……当然，于我而言更深的疑虑是，惯于阅读并分析诗歌文本复杂性的我，是否真的能领会并欣赏那份单纯素朴的天真旨趣？诗歌的诸多规则章法，语言的细密节奏，对孩子们来说，究竟又算是什么？

十分有幸地，我与意奴前辈受艾琳老师之邀，以云直播方式共同举办了"鸢尾的旅行"系列讲座之"陪孩子写一首诗"活动，聆听了艾琳老师与意奴前辈对本次大赛和儿童诗歌创作的经验与关切，也通过对童诗的解读与评论分享了自己的意见。通过引导孩子们呈现心中的诗歌，我逐渐意识到，对孩子们——原初的我们而言，诗歌创作之所以重要，正是因为在写作诗歌的过程中，我们会和自己以往的记忆、想象、经历过的事情打交道，进而拥有自己独特而珍贵的体会。因此，写诗本身并不是一件神秘的事情，反而是和自己、和世界进行交流的机会。

而在评阅英文童诗的过程中，我也感触颇深。最难能可贵的是，孩子们都能保持自然、保持简洁、保持纯粹。不论是中文诗歌还是英文诗歌，其中最为可贵的共同特征就是真实与想象的交互，即小诗人们是在用真实进行创作，描绘出只有孩子能发现的、不存在既定形态的奇妙世界。即使是最简单的语言，用诗歌来表达情感也是我们天生就会做的事；这样的灵性与冲动深埋在我们内心，只需要对孩子们稍加引导，就能实现心灵与心灵之间最纯洁的对话。

需要澄清的是，对孩子们的诗句加以肯定，并非仅仅是由于阅尽千帆后对某种罕有纯真的珍惜；在诗歌本身自有的意义上，尽管尚显稚拙，孩子们也确确实实向我展示了他们无尽的可能性与创造力。这是我作为诗人，而非单纯读者角度的判断。

我想，大赛的目的并不是为了培养或选拔真正意义上的诗人，而只是为了告诉孩子们：要拥有探索的热爱，要保持感受的敏锐，也要拥有感知幸福、书写痛苦的能力。虽然孩子们或许不明白什么是诗，还不认为自己写的是诗。但我可以肯定，孩子们是天生的诗人。他们不必懂各种写诗的规则，他们只需提问，认真向世界提问，再用自己单纯的童心去作答。我想以狄兰·托马斯《只不过是人》（Being But Men）中的诗句作结：孩子们惊奇地瞭望漫天的星斗，那就是目标与终点（Children in wonder watching the stars/Is the aim and the end）。

最后，要感谢古冈老师与艾琳老师的精心策划，感谢家光、意奴、春婷三位共同合作的前辈评委，感谢工作组成员的负责。最要感谢的，是为我们带来满天星光的孩子们。

衷心期待下一次诗歌盛会。

阿 谣

（胡可欣，笔名阿谣，女，2000年6月生，上海人。2020上海国际青少年诗书画大赛现代诗歌评委。华东师范大学哲学系本科，中国人民大学哲学院外国哲学专业硕士生。第十九任夏雨诗社社长，诗午餐Poemeal主编（2018-2019），曾获华东师范大学校长奖学金、上海市民诗歌节现代诗组一等奖，多次担任诗歌比赛评审。在《湖畔》《银杏》《青春校园诗历》等刊物上发表诗歌作品，在《书城》《上海戏剧》等刊物上发表文学、戏剧评论。）

海外教学中诗与乐的结合
—— 培养学生的审美与创作能力

作为一名海外的中文教育工作者和传统文化推广者,我深深地感受到肩上的责任与使命。中文也是世界上使用最广泛的语言之一,越来越多的外国人也加入了学习中文的行列。

在课堂上,我经常会带领学生进行诗歌诵读与创作活动。我是一位诗歌爱好者,毕业于广州中山大学中文系硕士研究生。2006年获得首届全国广播电视编辑记者资格证书,多年电视传媒工作让我打下丰富的语言文字功底。随家人到澳大利亚定居后,我在布里斯班中文学校任教八年多,曾多次指导学生参加各种类型诗歌朗诵和写作比赛,获得了好成绩与名次。

　　遇见艾琳是 2019 年 8 月的事情，已经在国际上享有知名度的她作为唯一的华裔诗人受邀参加"布里斯班国际诗歌节"，作为诗歌爱好者的我和一众文化界的前辈有幸和艾琳缘聚，而这一聚便为日后带领着孩子们与世界各地的小朋友们一起互联互动，用不同艺术形式表现诗歌开启了一扇幸福的大门。布里斯班中文学校少儿民乐团以往的演出节目中，诗歌成为了音乐作品重要的题材之一，以诗歌朗诵和音乐相结合进行表演，传唱耳熟能详的经典诗词。

　　"感受诗歌"可增强学生的情感体验，实践证明，在音乐教学中渗透诗歌鉴赏，有助于培养学生对中文学习的兴趣。例如，有一次高小毕业班上选取李叔同的《送别》为音乐创作主题，我们选择下午夕阳时分到校园草坪上，穿着统一的学生演出服装，有音乐基础的学生演奏琵琶、二胡、葫芦丝、空灵鼓、古筝、小提琴等乐器合奏，其他学生则朗诵自己写的诗作，最后同学们齐声唱出"长亭外古道边，芳草碧连天……"将自己带入诗词"夕阳山外山"的情境当中，体会师生们即将分别，同学们步入中学新起点，憧憧着美好未来的情感变化，这对于学生理解和欣赏这首诗歌有很大的帮助。

2020年"上海国际青少年诗书画大赛"成功举办后，在艾琳女士的支持下，我们酝酿着把大赛的诗歌搬上艺术舞台，老师和孩子们都期待着和更多的艺术家们有着进一步的合作。将诗歌鉴赏融入音乐教学，不仅可以使学生在诗情画意中体会音乐与诗歌融合的乐趣和美好，培养学生鉴赏诗歌音乐美的能力和创作力，更有利于学生学习更多的文化知识，使学生更加了解中华优秀传统文化，体会中华诗词文化的魅力，从而使诗歌文化得到更好的传承。

林子新

布里斯班中文学校

2022年2月16日

在海外开中文学校是一种什么样的体验

澳大利亚是个移民国家,华裔占澳大利亚总人口的4%,普通话已经取代意大利语和西班牙语成为澳大利亚的第二大语言。

不同于传统的华文学校,我们胡同学校的教学理念是小班授课,应材施教,结合澳大利亚本地的教学方式,教授实用汉语,穿插有趣的文化活动。

2020年8月,悉尼胡同学校十分荣幸地成为2020年"上海国际青少年诗书画大赛"合作机构。在澳大利亚的很多孩子都有写英文诗歌的习惯,因此我们鼓励学生和家长们一起参与,帮着孩子一起翻译成中文诗歌。通过参加大赛,不仅可以巩固大家中文学习成果，还能开发同学们的想象力和创造力，解锁每个孩子的写诗天赋，用心去观察世界，发现生活中的美好，写出美妙的诗句。作为参加本次大赛的福利，著名澳大利亚华裔诗人艾琳老师为胡同学校的孩子们安排了一场线上公益讲座，为孩子们和家长献上了一场生动有趣的诗歌指导讲座。孩子们在艾琳老师的引导下现场发挥，妙语连珠，说出很多美丽的诗句。诗歌是流淌于每个人内心的清泉，而每个孩子都是天生的诗者，世上并不缺乏美的事物，我们在寻找那一双发现美好的眼睛。

热心的艾琳老师还为我们的学生们送上了精美的绘本作为礼物。非常骄傲的是，我们学校几位学员的参赛诗歌拿到了奖项，这对澳大利亚长大的孩子们而言真是莫大的鼓舞。我们还将艾琳老师赠送的诗歌绘本作为胡同中文课的课外读物，让孩子们在课间休息的时候一起阅读，老师们陪着孩子一起大声朗读。很多人都说中文太难学了，其实是方法的问题，中文无处不在，我们就是这么不经意间，让孩子去学汉字，学诗句，潜移默化中感受中文之美。

作为生活在澳大利亚的华侨，我在海外

开办中文学校,希望为更多喜爱中文的朋友可以有一个好的平台学习中文,了解中国文化,让华裔青少年不忘母语,喜爱中华文化。同时我们希望多给孩子们提供机会参加国内外各种大赛,中文诗歌朗诵比赛,中文演讲比赛,中文书法比赛等等都将激发孩子们学习中文的热情。在比赛中收获友谊,提升自己。

李 琼
悉尼胡同中文学校创始人

将一颗浮躁的心归于起点

托艾琳老师的福,和孩子们一起写诗是第一次,那种感觉很奇妙。国内一位小诗人有这样的一句:"我想在太阳下晒晒我的诗"。我想我就像是那首被太阳光晒得暖暖软软的诗,而孩子们就是光、就是暖。我自己也是写诗的,平日里总是追求个所谓境界、所谓诗心。但孩子们的诗却是不必去"追求"的,不求就有,自带的。

我们书院曾有一位小朋友,那时大约三岁吧,她说:"我明天要穿妈妈新买的汉服去保育园,我要妈妈给我梳漂亮的头发,辉君一定会夸奖我的,老师和小朋友们也一定会夸奖我的。被人夸奖是多么令人开心啊！"这些可爱的童言是断断续续地、口齿不清地、咯咯笑着说的。我听后惊得甚至拍了案，这难道不就是诗吗！童言童语就是诗啊。于是我特别留意孩子们想说的话，有的是对宇宙人的提问；有的是生物课时的感受；有的是对父母的依恋；有的是最纯粹的祈祷……。所有的都是诗，与有些大人写出来的处心积虑的深刻相比，这些毫无技巧的单纯就显得愈发令人爱不释手。

大赛结束后，我也常常与孩子们一起，读诗写诗，蹲下身，视线与他们的相同，然后，将一颗浮躁的心归于起点。谢谢孩子们！

赵　晴
2021年5月于日本名古屋

（翻译家、旅日诗人。出版物有个人诗集《你和我（赵晴诗选）》（上海教育出版社）、译著《耶律楚材》（陳舜臣）（广西师范大学出版社）、《随缘护花》（陳舜臣）（中国画报社）、《近代都市公园史：欧化的源流》（白幡洋三郎）（新星出版社）（校译）等多部，也写散文、随笔，常见于国内外报刊。日本华文女作家协会副会长、日本爱知华侨总会会长、日本爱知华侨总会蝴蝶书院副院长。）

诗的引导

认识艾琳是好几年前的事。那一年，一个朋友组织了汉服读诗会，我原本是平淡生活里凑个乐子就去了。当时在读诗会上，我披着宽大的汉服，画着浓浓的妆，梳着高高的发髻，大声地朗读着自己写的现代诗，诗的内容是愤世嫉俗者，和我的装扮没有一点匹配，而且诗也是N年前写的，当时还在失恋的文艺女青年时期，满纸的爱恨情仇，多年之后的我自己，两个女儿的中年老母亲，怎么照镜子也找不出一点文艺范，脑子里都是孩子的吃喝拉撒。在认识了艾琳之后，我多年未开的诗歌大门，虽然锈迹斑斑，但终究在她的引路下，沉重地吱吱呀呀重启。

诗的引导

艾琳也是儿童诗歌的积极倡导者、组织者和引路者。她不断地给我们传递各地儿童诗歌信息,组织大大小小的诗歌联谊交流会,鼓励母亲们积极引导孩子们写诗,她告诉我们,在和孩子相处的日常,注意积极收集孩子的诗意语句,引导孩子们诗意的想象拓展。我家姐姐曾经信笔写过一些小诗,但早已不写多时。而妹妹是一个连故事书都听不完就跑开的孩子。在一次全家出门旅行的时机,我看到蓝天白云实在美丽异常,想起艾琳鼓励我们随时积极引导孩子,便问她们天上的白云像什么呀?兴致正浓的孩子们便七嘴八舌起来,一开始是有点受限的想象,比如像棉花啊,像羊群啊。我鼓励她们再往远处想,一边把她们的创意点子用手机记录下来,放开来想象的孩子能给你无比惊喜的世界,妹妹说白云是没有人穿的鞋子,走来走去留下的一个又一个又白又圆大大的脚印,姐姐说上帝把一团又一团白色的颜料泼在蓝色的画板上创作,我慨叹着记录着她们的一字一句,回来之后和她们一起把这些词语重组成诗句,连不爱读故事书的妹妹也明白了:原来诗歌就是这样简单,不过是心间流淌的清泉,你负责把泉水的叮咚记录下来就好了!

有了第一次的创作，诗歌的翅膀在孩子心中便展开翱翔了。看妹妹拎着刚脱下来的臭袜子，姐姐便灵感来袭有了《臭袜子》；听妈妈车上放的音乐就有了《Dejavu》这样有点意识流的诗作，母女仨人一起长途奔赴悉尼看雪，就有了三个人各自的看雪诗；承受了太久暴雨的城市让孩子们创作了《雨！雨！雨》。诗歌对于孩子们来说，不再是什么困难的作文，而是心情的描绘，调侃的打趣，是一种自然而然的文字排布的好玩游戏。当妈妈随口一句"我们来写一个关于什么什么的诗吧"，这样的命题也吓不倒孩子，生活因为诗歌平添了无穷的快乐。孩子们对文字驾驭的自信越来越强，爱读书的姐姐自不消说，连妹妹都会抱着自己的小本子把门一关，提醒我们不要打扰她写诗。慢慢也有了一点小小的成绩，姐妹在2020年的"上海国际青少年诗书画大赛"里都获了奖，姐姐在澳大利亚ozkids组办的2020小小作家比赛诗歌类里两首诗获奖，这更激发了孩子对写诗的喜爱和自信。

所有的这一切，我自己的文学梦，以及孩子们的诗歌创作成长之旅，都需归功于当初与艾琳的相识，和她一路而来不断的鼓励。

> 诗的引导

她把她自己对于文字的满心热爱,如同一轮红日,辐射四周,让我们也沉浸在热情和光亮的包裹里。如果诗歌是一个巨大的黑洞,我们也会如艾琳一般,义无反顾,纵身一跃望不穿的极限。

南宫无影

诗人

遇见中文诗歌
——通过诗歌创作和朗诵学中文

刚刚学习中文的孩子们不擅长写大段的文字,但他们可以写简单的句子。他们的想象力非常丰富,又毫不吝啬自己的情感表达。诗歌创作是艺术表达,会充分拓展孩子们的共情力、感知力、表达力和想象力。因此,带孩子们一起写诗是一件有创意又有趣的学习活动。

2022年5月8日,瀚文书院非常幸运地邀请到了华裔诗人艾琳女士,和学生们一起为妈妈们进行了一场走心的创作活动:我为妈妈写首诗。孩子们在艾琳女士循循善诱,声情并茂的引导下,都大胆地讲出了自己对妈妈的爱,一句句自然真心的流露,变成了一行行灵动感人的文字。艾琳女士说："孩子们很多都是天生的诗人，他们随时随地在生活中进行着创作。作为教育者和家长，我们只需要适当的启发和引导，再加上日常细心的观察记录，每个孩子都可以变成一个优秀的诗人。"

2022年9月25日，瀚文书院再次主办了2022悉尼青少年春游诗会。该次活动更是有著名华裔诗人艾琳女士、著名诗人艺术评论家晓帆先生、大同中文学校董方校长和双艺堂校长范雪强先生为"2022写给妈妈的诗特别活动"、"2021第四届全球华语朗诵大赛"、"2020国际青少年公益书画作品征集活动"和"2020上海国际青少年诗书画大赛"（澳大利亚赛区）颁奖。

孩子们在老师和家长们的精心辅导下，都自信而且声情并茂地朗诵了自己写的诗。他们的朗诵有的活泼生动，让人忍俊不禁；有的声情并茂，感人至深。孩子们朗诵完自己写的诗歌，手里拿着精美的奖品，各个都分外自豪。他们获得了使用中文进行表达的自信。

"国际青少年公益书画作品征集活动"公益使者、"2020上海国际青少年诗书画大赛"

现代诗歌评委会主席艾琳女士特别感谢瀚文书院和悉尼青少年诗歌的老师们为春游诗会的辛勤付出，非常荣幸能够与恭常寒砂、南宫无影、昕河、老墨香油等一众诗人和艺术家朋友陪孩子们一起亲近自然，纵情诗韵，在歌声与欢笑里共赏春盈。

中文诗歌创作和朗诵是激发学生学习中文的兴趣，帮助他们学好中文，并建立使用中文自信的最佳方法之一。我们作为教育者有责任更好地在这方面做出更多的研究和实践。

Jessica Zhang
瀚文书院院长

图书在版编目(CIP)数据

倾听未来的声音 /（澳）艾琳主编；王静副主编.
--上海：华东师范大学出版社，2023
ISBN 978-7-5760-4013-5

Ⅰ.①倾… Ⅱ.①艾… ②王… Ⅲ.①儿童诗歌—诗集—世界 Ⅳ.①I18

中国国家版本馆 CIP 数据核字(2023)第 125114 号

华东师范大学出版社六点分社
企划人 倪为国

本书著作权、版式和装帧设计受世界版权公约和中华人民共和国著作权法保护

倾听未来的声音

主　　编	艾　琳
副 主 编	王　静
责任编辑	朱妙津　古　冈
责任校对	彭文曼
装帧设计	卢晓红

出版发行	华东师范大学出版社
社　　址	上海市中山北路 3663 号　邮编　200062
网　　址	www.ecnupress.com.cn
电　　话	021-60821666　行政传真　021-62572105
客服电话	021-62865537　门市(邮购)电话　021-62869887
地　　址	上海市中山北路 3663 号华东师范大学校内先锋路口
网　　店	http://hdsdcbs.tmall.com

印 刷 者	上海盛隆印务有限公司
开　　本	890×1240　1/32
插　　页	1
印　　张	9.5
字　　数	135 千字
版　　次	2023 年 8 月第 1 版
印　　次	2023 年 8 月第 1 次
书　　号	ISBN 978-7-5760-4013-5
定　　价	68.00 元

出 版 人　王　焰

(如发现本版图书有印订质量问题,请寄回本社客服中心调换或电话 021-62865537 联系)